청어詩人選 161

달은 왜
건져내려 하는가

남청강 시집

청어

달은 왜
건져내려 하는가

달은 영원불변의 실체가 아니다. 명상(名相)에 속지 않는다면, 인간과 우주 자연이 그대로 적멸(寂滅)의 진리다. 달과 달그림자 그 오고 감(如來, 如去)을 여실히 볼 수만 있다면, 우리의 삶 그대로가 진리이고, 수행이고, 시이고, 사랑이며, 희망이고, 기쁨이니, 두두물물의 관계가 선(禪, 연기법의 깨달음)의 소식들이다. "바람 불면 흔들리고 비 오면 젖고, 봄이 오면 꽃피고 새가 우는 이치를 아는가요" 우리는 지금 "달과 강물의 배우가 연출해내는 드라마틱한 원각경 한 구절을 읽고 있다" 그리하여 우리는 머무는 곳마다, 소중한 인연을 사랑하고, 용서하며, 참회하고, 감사하며 살아가야 하겠다.

차례

4부 바람꽃 길을 묻다

5부 머무는 곳마다 선의 소식
(평상 속의 길)

1부

그렇게 울었나 보다

종신 훈장

종아리에 새겨둔 칼날의 흔적은
눈물의 훈장 되어 속앓이처럼
기약도 없이 끙끙 앓고 있었다

쇠범과의 전투는 승리였지만
은둔의 훈장을 차마 버릴 수 없어
쓰디쓴 내 낙인의 상처 속으로 파고든 여인이
어느 날 훈장의 눈물을 닦고 있었다

바람 오면 씻어내는 아내의 손끝마다
힐링의 고약으로 내려앉는
연꽃의 눈물일 줄이야

부끄럽지 않지만 숨겨야만 했던 그 곳에
칼처럼 들이댄 약손의 매서운 서릿발은
바람 쫓는 수호신이 될 줄이야

구멍 없는 피리

어머니 뼈는 속이 비어
언제부터인가 모르게 피리가 되었지만
그 피리는 불지 않았다
백발이 덮여 올 무렵에야 그 피리소리 들려왔지만
그 울음의 소리가 바람의 소리였음을
난 알지 못했다

모진 바람 안고 침묵으로 지켜 온 어머니
다 내 주고 모자라 뼛속까지 다 비워내고
86년의 세월 동안 구멍 없는 피리를
그렇게 불고 있었던 거다

먼저 울다간 어머니의 피리
바람소리도 지고 어머니도 갔지만
나에게도 지금 구멍 없는 피리 소리가 난다

휴휴 아려오는 찬바람 소리가 난다
어머니처럼 그렇게
피리를 불고 있는 거다

생의 내력

아내의 얼굴은 잔주름 이랑 속으로 감춰진
57년 분량의 밭을 일궈낸 일기장

웃을 때나 화날 때나 기록된 문장들은
바코드처럼 차곡차곡 쌓여
나만이 풀어내는
파란같은 생의 굴곡선이다

고운 문장은 그림자 속으로 숨어버리고
매끄럽지 못한 문장들만 사구(沙邱)로 솟아
찌그덩 찌그덩 어지러운 소리가 난다

다시 돌아가기란 너무 멀리 달려왔나 보다
갱년기 열매 주렁주렁 엮어
푸석푸석 쓰내려간 생의 이랑은
모래밭 같은 탄력 잃은 시간들을
한처럼 간직하고

반백의 기로에 선 후에야
포근한 땅 위에 평온을 속삭이는
앵두꽃 당신의 서러운 꽃잎 하나

가자미 눈깔

센텀병원 2인용 환자실에는 숨만 몰록 쉬며
경계하듯 서로 째려보는 환자가 있다

둘은 가자미처럼 반드시 누워 꼼짝도 할 수 없으니
사팔뜨기 같은 눈알만 뱅글뱅글 돌려
비조준으로 서로를 겨누고 있지만
정확하게 상대를 저격한다

지옥 병실에 장기수 되어 석방의 날은 요원한데
습관처럼 작동된 위기 가동 시스템이
가자미의 저격 통신이었다

간병인도 없는 적막한 감옥은 둘만의 사격장이 되어
서로를 조준하고 레이저를 발사하여
순간순간 폐쇄적 공포에서 벗어날 수 있었다

눈깔을 뱅글뱅글 돌려
레이더에 잡힌 가자미는 불안한 눈빛으로
서로를 위로해 주었다

빨랫돌

얼음 밑 기운은 아프다 못해 쓰렸다
아픈 손 끌어당기고 얼어붙은 빨랫돌
애증의 기운은 쉽게 떠나지 못했다

말동무로 토닥대던 봄날은 유일한 벗 되었지만
어머니를 사별하고 느낌도 없는 것이기에
버들강아지 그늘 속으로 늘부러져 잠만 잔다

어머니가 없는데 할 일인들 있을까
바람도 어머니의 손을 노렸지만
돌은 어머니와 쌓은 우정도 만만찮아
억울함도 간직하고 있으리라
미워도 떼어낼 수 없는 빨랫돌 사랑
새끼 눈의 애증만큼이나 돌에게도 애살이 있을까
영하의 걸신이 저주한 분신 같은 돌
어머니 어깨를 눌러버린 애증의 동반자였다

어느 날 누명을 쓴 채 단두대에 오른 돌
허물을 벗겨내는 몹쓸 카르마의 몸짓들은
아픔을 질긍질긍 씹어 문 채
어머니의 수레는 보상도 없이
내 곁을 떠났다

막걸리 두 사발

한발 내 디딜 때 개구리가 놀라고
뱀에 놀란 내 가슴 쿵덕쿵덕 천둥을 친다
비수 같은 땡볕이 정수리를 내리꽂고
지열은 지글지글 숨을 틀어 막는데
논둑길 걸어가는 내 발걸음 아득하다

한풀이하듯 출렁대는 주전자 들이대고
첫사랑같이 눈 멀어버린 막걸리가 쓰디 쓰지만
욕망스런 내 입술은 불륜처럼
하염없이 쪽쪽 입을 맞춘다

들판엔 푸른 춤 잘도 추는데

어쩌나 점심 굶고 김매시는 우리 아버지
등줄기에 타고내리는 후줄근한 물줄기 좀 보소
중참에 허기진 배 꿀꺽꿀꺽 채우는 것이
막걸리가 고작 두 사발이다

어휴 저 놈의 농사 언제 끝내 버릴꼬
헉헉거리는 들녘에 뼈가 저린다
하기야 자식 농사만은 희망을 움켜쥐었으니
주름진 얼굴에는 미소가 돈다

아! 아버지 나 지금 눈 먼 목장승이 될래요

종양 수술

아내보다 늦게 종양 리모델링에 들어간 사람들
나무토막 같은 산송장이 되어 나온다

나비와의 사별 시간은 예정보다 두 시간을 훌쩍 넘겼는데
아내는 경계의 문을 나오지 않았다
입술 깨물고 큰 딸을 슬쩍 바라보는데
딸에게도 좌절의 기운이 감돈다
오! 약사부처님 행운은 없습니까
힘내라, 힘내, 응 하고 들어간 아내
이런 말도 더는 나눌 수 없을 때
돌이킬 수 없는 바람이 될 수 있다

시간은 어디쯤 왔을까 ○○○ 보호자분 수술실 앞으로 오세요
뇌성 같은 소리가 귀를 스치는지 심장을 때리는지
넋을 놓은 인식의 경계는 모호하다

문을 밀고 나오는 침대하나
밤을 고단히 건너온 아이마냥 아내가 떨고 있었다
애썼다 달래주는 마른 소리가 아내의 고독을 달래줄까
이럴 땐 마음을 달래줄 완충의 시간이 필요하다

허우적대는 오직 한사랑 4월의 그믐밤은
앵두꽃 꽃잎 사랑이 지고 있었다

어떤 응모

이력서 위에 기록된 삶의 업적들
상품으로 포장되어 제물로 오른다

발가벗은 55년 침묵의 역사가
폭로되는 순간
흐름조차 타지 못한 꽃은 스스로 도태되고
순풍을 탄 창창한 꽃은
화려하게 부풀려진다

제 발 저리듯 오그라드는 볼품없는 이력들
스펙의 전투에서 제물로 사라져 갈
빛바랜 들꽃일 뿐이다

매의 눈들이 번득거리고
구릿한 손끝이 징글스럽게도
저질스런 용틀임을 하고 있다

지루한 침묵이 흐르고
매의 시야에서 멀어지는 꽃문장
고해성사의 기록들이 피지도 못한 채
우수수 떨어져 간다

폐가

적막이 들어와 지키고 있다
가끔 바람이 지나가며 말을 걸고
구름이 기웃거리며 지나간다

밤 거울 들여다 보는 별 하나
새벽까지 고독경 읊고는
여명에 부서지고

경주 발 울산행 새벽 열차는
기적 한 조각 허공에 뱉어 내고는
어둠 속으로 사라져 간다

하늘 향해 가부좌 튼
무상 수행자의 부서진 뼈다귀 속으로
어느 인연의 그림자 하나
휙 스치우는데

오고 가는 선문답 속에 문득
적멸의 눈빛 한줄기
찰나 속에 진다

효자 열못단

열못단 시오리 장에 간다.
머리 짓눌러 목은 뒤틀어지는데
뒤뚱뒤뚱 경쟁하듯 간다

땡전 한 푼 나올 곳 없는데
저것들이 효자 노릇 톡톡히 하지만
팔아본들 몇 푼이나 되겠는가
해 지기 전 제 값에 다 넘겼다면
허줄한 밥상이지만 가족 앞에 면목이라도 선다
어쩌랴 등록금이랴 육성회비도
손끝에서 핏물을 짜야만 하는데

가난에 물려버린 손 끝인데 어찌
해탈의 열쇠는 쥐어볼 수 있을까
어둡사리지는* 마을 어귀에 수심이 가득 걸린다

*어둡사리지는 : "땅거미 내리는" 이라는 뜻의 경상도 방언

동네 아낙 다 왔는데 우리 엄만 안 오네
눈 여덟 개 삽짝걸*에 기웃기웃 발만 동동
초승달 싸늘히 내려앉고 사립문 삐꺼덕
열못단 집 나갔는데 수심 이고 오는 우리 엄마
멍뚱하게 쳐다보는 꽁치 두 마리
비틀비틀 부엌으로 간다

*삽짝걸 : 사립문이 있는 곳을 가리키는 경상도 방언

장 담그는 날

옹기들의 맛내기 콘서트가 익어간다
아가리 쩍 벌리고 고객 유치에 열을 올리더니
마침내 바람도 잡고 햇살도 불러온다

정기를 압축시켜 맛을 홍보하던 병정들
분화구를 스며 나와 수북하게 맛자랑이 담긴다
장들은 새근새근 숨을 쉬고
손맛은 빠글빠글 햇살 속에 진다
잔치집에 한 입 얻어보려는 벌나비 파리까지
기웃기웃 각설이 춤타령이다

어머니가 악보도 없이 콘서트를 지휘 한다
노련한 지휘 속에 정겨운 타악기 소리
고추장은 퍽퍽 북 치고 된장은 찰팍찰팍 장구치고
간장은 찰방찰방 드럼을 친다
벌은 노래하고 나비는 무용수로 오르니
불청객은 아닌가 본데

어머니 어깨에 올라선 지휘봉도
으쓱으쓱 흥이 난다

분신

어깻골 눌러내려도 여섯 목줄의
똘망똘망한 눈들이 있어
차마 비우지 못한 눈물이 있어
단단히 거머쥐었다가 놓아버리고 놓았다가
다시 거머쥔 갈등도 다 무너져 버렸다

등짝에 얹힌 고통의 짐 몇 굽이 돌아
파란의 수레는 떠나버리고
뼈대만 뒹굴어대는 분신의 조각
밟았던 자국마다 쏟아부은 가시눈물은
몇 동이나 되었을까

옷깃 속에 감춰둔 그 눈물 이제사 풀어져
잡풀 속에 외면된 채 무너져 간다
"나처럼만 되지 마래이"라는 한숨 섞인 말은
담벼락에 기댄 그림자에게는 들을 수 없다

삐거덕 파산의 소리 들려주는 분신의 껍데기
눈물로 묻혀가는 낯빛이 왠지 삭막한데
뿌리길을 가던 아비의 역사도
분신의 껍질처럼 버려져가는
슬픈 조각이겠지

앵두꽃 당신

하나뿐인 사랑도 내 사랑 못 될 바에는
미움 받을 사랑인데
어차피 떠날 사랑이라면 슬픔 딛고 보내야만 한다

벼랑 깊숙이 떨어진 운명의 사랑
4월 그믐날 한 날개 떼어낸 나비는
파란만 남겨놓고
부름 저 먼 곳으로 아내 곁을 떠났다

반쪽 날개로는 파랑 없는 꽃잎 사랑 기약할 수 없어
남은 날개마저 잃어버릴까
그 낯빛 몹시 수척하다

앵두꽃 나비사랑 졌으니 슬픔 조롱조롱 달렸는데
그 사랑 이제 어찌 피려나
하나뿐인 사랑 꽃잎 졌으니 아픈 눈물 흘린들
그 사랑 다시 돌아오려나

독화살 쓰리게 꽂아버린 중증장애의 날벼락
암울한 밤 건너온 당신의 그 아픔 누가 알랴

약사불 자비내린 신지로이드 기적처럼 스며들면
눈물같이 수줍은 꽃잎 서럽게 피어나려나

선물

접선을 시도하는 앙증맞은 여인
의학잡지랑 인터넷에 기웃거리며
현대병에 관심 기울이던 나로서는
첫눈에 반하여 스파크가 일었다

건강 염려증에 걸려 딸의 손길로
맞선 본 발마사지 슬리퍼 한 켤레

접신은 하였지만
바로 소통되는 게 있겠냐마는
걸음마다 쑤시고 장기를 두드려 오는 것이
나의 몸이 아니라 이미 장애인의 몸이다
딸의 쓴 소리 날아오고
누르는 아픔마다
인내로 딸의 정성을 먹는다

믿음나무 촘촘히 키워가는 나의 의식
절룩절룩 희망이 걸어간다

2부

꽃 피고 새 울면

강은 다시 흐르는데

잠자는 강이었기에 어제는
강의 심장소리 듣지 못했다
봄비 속으로 맥이 뚫린 강이 오늘은
우레 같은 소리를 내면서 흐르고 있는데
강의 심장이 보내는 울림이다
가만히 귀 기울여 보면
기운차게 저만치 강물을 밀어내는데
강이 내뿜는 생명의 호흡작용이다

어느 날 가위 눌리듯 멈춰버린 강이
겨울이 내민 화해의 손을 잡더니
굳었던 낯빛은 풀어지고
비켜 두었던 길을 열고 미련 없이 미끌어져 간다

사람들도 망각의 시간 찾아 내려놓고
강 같은 심장 굴려 호흡을 갖추었을 때
열정 같은 산고의 무게도 다시 짊어지겠지

나에게도 강의 심장같이 화해의 손 내밀고
언제 한 번만이라도 어혈진 피를 풀고
미련 없이 돌려본 적이 있었던가

기틀을 돌려

묻었던 사랑 다시 이는 밤
그리움은 바람에 안기는데
잎새에는 그리움 싣고
빈가지에는 사랑을 달았다

망상의 바람소리 분노처럼 들려오고
번뇌의 잎사귀 미련같이 흔들려 오는데
배는 가자 가자 손을 흔든다
뱀의 혓바닥 날름대는 저 유혹의 칼춤일랑
바람의 흔적처럼 훌훌 벗어버리고
고운님 붉은 사랑 그리움처럼 끌어안고
새 신발 갈아 신고 새 옷 갈아입고
이랴 이랴 달려 간다네

수레야 달려라 쉬지 말고 달려라
님 찾아 가야 한단다
여명의 소리 성큼성큼 걸어오고 있단다
대장부 우레 소리로 붉은 심장 으르렁 으르렁 울려
어둠이 오기 전에 어둠이 오기 전에
강물을 건너야 한다

수직의 강

걸어가는 나무는 수직으로 흐르는 강이다
딱딱한 껍질을 손으로 만져 강변을 더듬는 것은
나무의 속을 들여다보는 일

치솟는 물소리 들리고 핏줄마다 생이 꿈틀거린다
바람 잠재우고 귀를 열어보면
강이 일어서는 곳에는 강을 지켜내는 단단한 강변이 있고
잔가지마다 세상을 열어가지만 하나같이
뿌리의 힘에 기대고 있다

수직으로 흐르는 강은 생의 강이다
시의 문장들은 가지마다 잎사귀를 달고
가슴에 맺힌 사연은 꽃의 언어로 쏟아낸다

흐르다 머문 그 곳은 길을 내지 않는다
강물이 끊어진 그 자리에 열매의 한 생이 지지만
역류의 강문을 닫고 다시 숨을 고른다

허공에 뿌리 내리고 고혹의 시간을 지나
어느 날 겨울과 화해의 손을 잡는 날
시를 쓰는 나무 어깨 어드메 쯤에는 초록 핏줄 서고
수직의 강문을 또 열고 있겠지

꽃이 되어

강가에 서서 손을 흔드는 풀꽃들
잎새마다 하얀 그리움 안고 피었다
지독히도 고독한 향기 날리며
외로운 사랑 온몸으로 흔들고 있다

절박한 울음의 손짓은 가슴 울리는
그리움의 소리다
저 홀로 핀 고독의 향기처럼
그리움이 끝난 그 곳엔
핏빛 사랑의 꽃 한 떨기 제 몸 사르며
고혹한 향기 털고 있다

공유하는 삶의 뜨락으로
피어날 듯 꺼질 듯 흔들려 오는 생명들
약한 자의 여린 가슴은 따스한 가슴으로
사랑의 눈물 만들고

아픔보다 짙은 사랑의 눈물은
서로의 품속에 연민의 꽃 되어
핏물 같은 향수로 피어날 것이라

흔들리고 싶은 들꽃

나목에 걸터앉아 싸늘히 쓸어내리는 달빛은
소리도 숨 죽이는 독설의 비수처럼
언 가슴을 아프게도 주물러 온다

파도의 멀미로 속을 뒤집어 버린 세상
속도 추스러내지 못한 숱한 시련은
처절한 폭풍 속으로 휘말려버린 고독한 야수 되어
거센 강물에 힘없이 떠밀려 간다

야윈 들풀에 장막을 치고 모질게 후려치면
그 바람 돌아서 가던가
그늘진 모퉁이에서 눈물진 들꽃의 숨소리 들어 보았는가
꽃은 흔들어 보려고 피어온다
아! 이름 없는 들꽃은 모진 세파에도 당당히 맞서
한 번쯤 흔들리고 싶어한다

폐허처럼 닫혀버린 큰 가슴에
저 싸늘한 달빛은 나를 더욱 아프게 한다

갯벌화엄

칠게는 앞발 치켜들고 망둥어는 몸부림으로
숨 가쁘게 포효하는 유월의 갯벌 정원이
은빛 달빛 길어와 한판 화엄굿판이 벌어진다

진흙 화장 듬뿍 찍어 바르고 진격하는 푸른 발소리
꽃비 되어 와르르 쏟아지는데
골짝 골짝을 누비며 아첨하듯 살랑대는 수컷들의
시리도록 질펀한 애욕 카르마는
분노처럼 휘청거리는 저들만의 사랑이다

생명꽃 안은 사랑의 스릴이 달콤하게 밀려오고
수억의 오만한 정복자가 푸른깃발(생명의 정기)을 꽂는다
적멸이 흐르고 파도가 치고
혼돈 속으로 내일 한 줌의 흙이 된다 하더라도
멈추지 못할 생성 질주의 본능

눈살 서려오는 기운들이 광풍처럼
갯벌자궁을 적시고
인드라망 우주의 한쪽 기슭에는
화엄 꽃 한 송이
거룩하게 피어오른다

원각 법문

밤을 타고 내려오는 천사가
바람소리 시리게 부르더니
아침 햇살 속에 드러누운 하얀 소복의 여인
광풍은 다 어디가고
고요의 소리만 허공을 울려오나

온누리 나무마다 적멸의 가지에 걸터앉아
하얀 맨살의 여인이 날카로운 빛으로
으르렁 으르렁 호령한다

고요의 혓바닥이 적막의 귀를 때리고
눈빛소리 들려오는 영혼의 조각 앞으로
나 조각배 덩실덩실 타고 날아가
자나불 원각경전의 절묘한
무정설법을 듣는다

새의 노

인더라 강의 단단한 끈을 잡은 풀잎 영혼들
봄부터 무명새는 이러이 울었나 보다
강 건너 저 편에는 무엇이 있어 그토록
그리움의 핏빛 소리로 울어왔을까

거친 바람 불어닥치고 핏빛덩이로 내던져진 새의 옷깃 속으로
파도는 뇌관이 열려버린 지뢰의 물길이다
반야의 노 꼬옥 잡고 두 눈 부릅뜨고
어둠의 강 헤치고 조심조심 배 저어간다
때로는 흔들려도 보고 때로는 혓바닥 날름거리며
먹고 먹히는 아수라의 불길을 뿜어댄다

풀잎새의 머리 위로 얼마나 거친 바람이 지나 갔을까
얼마나 많은 비에 젖어 흔들렸을까
무심코 지나쳐 버리는 고독한 눈물만큼이나
강물을 적셔 흘러 내렸을까

바람 불어 흔들리고 젖어가는 딸기같이
사는 것도 저와 같아서 다르지만 기대고
기대지만 평등의 노를 젓고 있다
인더라강에 이토록 바람 안고 비에 젖어 흔들리지 않은
풀잎 무명새도 있었던가

강에 부는 바람

강이 달려올 때 새는 강으로 날아가야만 했다
파도와 마주칠 때 흔들려야 했지만
몹쓸 강과 어우러져 피 같은 열매도 낳았다

벼랑에서 흔들리지 않고 살아갈 수 없었다
때로는 아수라처럼 날뛰었고
부리는 나약한 풀잎에게만 쪼아댔다
흔들리며 서려하고 흔들리며 섰을 때 꽃대는 익어갔다

비수가 파고든 속살의 아픔을 앓아보지 않고는
가시의 땅을 홀로 걸어갈 수 없었다
칼을 밟고 가야하는 인내는 쓰리지만
피의 알곡으로 맺혀 훈훈하게 익어갔다
팍팍한 대지에 연꽃향 내려앉고
누군가 등불을 들고 내게 걸어오고 있었다

저 언덕엔 핏빛 사랑꽃

격랑의 소용돌이 속으로
벙어리 가슴으로 타오르는 그리움의 소리
핏빛 사랑의 입술은 사랑의 눈물 만들고
사랑의 눈물은 바람길 따라
짙은 핏빛 향기로 물든다

그리움의 기다림이 있는 곳
저 언덕은 그리움을 무던히도 손짓하는데
눈먼 중생은 눈먼 소원만 빌어

고뇌 짙어오는 밤 내일은 또
누구의 가슴에 짙은 그리움이 들어앉을까
연민의 숨결 터져 불현듯이 일어나는 바람
등불 켠 눈망울 그 속으로 그리움보다 더 짙은
핏빛 사랑의 꽃떨기가 퍼렁퍼렁 살아있다

이름 없는 시인에게

이름 없는 시인이여 당신은
바람도 잠든 하얀 별빛 쏟아지는 밤하늘
어느 구석진 들판에 외로이
고혹스런 향수 뿌리며 흔들고 싶어 울어대는
고독한 들꽃의 넋이었다

시의 강물에 흘러가는 들꽃의 혼이
울어 울어 가슴을 울려 올 때
그 향기는 처절한 삶이 되고
삶은 향기에 스며드는 시가 되어 우러나나니
외로운 들길에 고혹스럽게 밤을 울리는 향기여
꽃에도 차별이 있었던가

삶이란 누구에게나 소중한 것이니
자생의 뿌리 든든하여 그 누구의 손길 없어도
바람과 함께 노닐고 별과 함께 노래하라

이름도 없는 들꽃의 넋이여! 절절히 녹아나는 꽃의 삶을 노래하라
목 놓아 눈물로 흐르는 그 향기
밤하늘에 아프도록 삶의 수를 놓아라

바람도 머물러 가나니
비도 내려 울어 주나니

조력자

화두만 던져놓고 묵묵히 앉아
눈과 손과 입을 유혹하고 마음까지 낚아낸다
그냥 미끼만 던져 놓을 뿐
고유의 이름도 없고 하는 일도 별로 없다

사람들은 나를 상이라 하지만
미끼가 올랐을 땐 새로운 접두어가 붙는다
볼품도 없고 하는 일도 없지만 이름값은 톡톡히 하여
누구도 함부로 대할 수 없는 기똥찬 물건이다

나는 전문 낚시꾼이다
내 앞에 앉은 사람은 누구든지
미끼에 걸려들게 하면 되는 것이다
저들은 아마추어 낚시꾼 나를 낚을 생각은 없고
오직 미끼에만 눈독들일 뿐이다

나는 늘 화두를 던져 올리지만 미끼에 눈이 어두운데
저들이 어찌 나를 알 것인가
사람들은 무의식적으로 나를 필요로 한다
미끼와 나는 늘 달착지근하게 붙어 있어
떨어질래야 떨어질 수 없는 관계다

내가 사라지면 화두 또한 박살이 나겠지만

우린 하나였었다

눈을 여니 그리움으로 메아리친 소리가 들려온다
세상 그리워 떠날 때
내 너를 두고 서러운 눈물방울이라도 흘렸을까
너는 하얗게 터진 입술이 마르도록
긴 기다림 속에 그리워 그리워 울부짖는데
나는 너를 잊은 지가 까맣다
너와 나는 하나였었지 하나였을 때
네가 나를 머금었고 나는 너의 방울이었었지

내가 너를 떠났을 때
너는 아픈 살로 울부짖으며 나를 찾았는데
나의 기억이 처음을 모르니 그 끝은 어찌 알랴
너가 어미의 품처럼 사랑스러운 것은
너와 나는 본디 한 몸이었다는 것을
그리움이 쉴 새 없이 꿈틀거렸다

바다여 어미의 가슴으로 울부짖어라
내 너를 잊을까 두렵다
너와 하나가 될 때까지 내 가슴에
핏빛 그리움 짙게 물 들도록
소리 높여 울어다오

홀로 서는 것은 없다

허공에는 꽃들이 자유로 서고 지는
카르마 춤을 추고 있다
주인처럼 일어나 제 나름 잘 난 듯
혀를 날름대고 있지만
저들만의 허리춤만으로 불꽃나무의 생을
살아가는 것은 아니었다

생식불능이든 아니든 저들의 유전자는
영원을 향해 본능처럼 꿈틀대지 않으면
꽃으로 서고 지지를 못 한다
거기에는 귀천도 발붙일 틈이 없이
평등의 사슬이 허공을 묶고 있다

자유의 길 위에 홀로 서고 지는 듯하지만
꽃은 자기만을 위해 피지 않는다

인연의 바람으로 서고 지는 허공
불꽃나무의 본능은 부름으로 이글대고
부름에는 보살의 자취가 쌓여
생을 이어가고 있었다

꽃을 피우는 새

붉은 그리움 토해내는 꽃새 한 마리
피는 순간도 고통이고 지는 순간도 고통이라
꽃은 저토록 아픔으로 흔들리는가 보다

억겁의 날 돌고 돌아 다시 돌아온 풀꽃의 넋이
어느 바람결에 실려와 서럽도록 향기로운 핏빛으로 서서
눈물꽃 피우는 무명새가 되었는가

부처의 몸에 기대어 선 새여!
오는 곳 가는 곳 안갯길 같아 알 수야 없지만
척박한 땅에 머물러서
핏빛 사랑꽃 한 송이 피우고 있네

알 수 없는 곳을 향하여 날개 짓 해대는 새여!
이제 자유의 날개는 달았는가?

창공을 날을려는 너의 날갯짓이
무척이나 바쁜데

3부

꽃 지고 바람 저무니

몰랐다지요

꽃잎이 벌어진 걸 보고 꽃이 피었다고 생각 하지요
꽃이 활짝 핀 걸 보고 우리는 정말
아름답다고 말을 하지요

그러나 꽃이 오는 그 길은
아무도 알지 못하지요
아름다운 자태에는 아픔도 서려 있고
진한 향기는 고혹의 그리움이 익어
터진 것이란 걸 모른다지요
꽃만 꽃이 아니라 모두가 꽃이기에
우리가 인더라 강가에 내려올 때는
천년의 고독을 안고 인고로 기다려 온 그리움이 터져

우주의 문을 열고 다시
꽃을 피우러 온다는 것을
아직도 몰랐다 하지요

세상에 올 때에는 어미의 산고처럼
꽃대가 흔들려 오듯 골수의 아픔도 겪고
나온다는 걸
까마득히 몰랐다지요

기다림

굵어진 손마디와 거칠어진 이맛살이
시련의 물결로 일렁거리더라도
꽃잎도 찬서리에 얼어붙고
별빛마저 바람 속으로 몸을 숨긴다 하더라도

눈물마저 메마른 저린 여행의 길 위
상처의 허상들을 연민으로 지워내며 바람처럼 간다
어둠처럼 털어버리며 간다
망각 속에 새살은 돋아나고
인욕의 세월 뒤엔 꽃피고 향기가 핀다

슬픈 가슴 아린 눈물은 핏빛 사랑으로 달구어져
야무지게 움켜쥔 한 톨의 씨앗
죽이고 죽여 우려낸 기다림이 있어

응혈된 설레임이랑
재생의 가슴 갈피에 감추고
그렇게 가지요

지기 위해 피는 꽃

아픔 속에 피는 꽃은 짓눌린 고난의 발등 위로
시린 가슴 열고 온다 하지요

산고를 지르지 않고 피는 꽃 없듯이
흔들리며 일어서고 흔들리며 살아가는 그 꽃은
지기 위하여 또한 흔들어대지요

향기 우러나는 가장 아름다운 죽음이
흔들어가는 순간인데
완성을 위한 엄숙한 동작이
죽음이라 하지요

우리는 꽃 꽃다운 꽃 그리하여
지기 위하여 흔들어 대고
지기 때문에 우리는
아름다운 것이지요

지는 꽃이 어찌 서럽지 않으랴

지는 꽃이 어찌 서럽지 않으랴
사랑하는 이여! 지는 꽃이라고 그냥 떨어지던가
아픔과 눈물이 보이질 않을 뿐
올 때처럼 갈 때에도 아프게 지고
서럽게 떨어지나니

그냥 지나치지만 말아요
아쉬움과 미련도 뒤로한 채 담담하게 떨어지지만
꽃도 제나름 짧은 생을
피를 토하는 정열로 살았다 하니
서럽기야 하지요

죽음을 향한 꽃은 한 평생
천형처럼 제 몸 살라 고혈 같은 향기 남기고
훅 하고 떠나간다 하지요

우리 모두 꽃이라 하지요

봄을 위하여

가을 비스듬히 기울어가는 저녁
허리 꺾은 문장들이 그늘진 자리로 몸을 비튼다
불화로 같은 여름을 건너서 늦은 가을의 길목에 서면
누구든 걸어온 뒤를 돌아다 본다

긴 여정 걸어와 기로에 선 나그네는
한 자루 촛불 든 고단한 영혼의 자화상이다
나무의 집마다 무로 돌아가야 하는
본래면목의 시간이 접어들고 있다
곱게 물들어 뽐내던 기찬 젊은 날의
자만스런 기억은 다 내려놓고
나무는 숙성의 일상을 허공에다 걸어둔다

꿋꿋한 인내의 몸으로 생의 일기를 쓴
탄탄한 이력들을 내공에 차곡차곡 쌓아두고
영겁회귀의 불꽃 하나가 가을의 끝에 서서
부활의 집을 짓고 있다

찬 서리 묻어나는 바람 일고
돌아가야 하는 한 점에서 재생의 시를 쓰기 위한
내면의 불빛 일렁거리지만
겨울의 시는 잠시 묻어 두어야겠다

찬란한 봄을 위하여

주체의 눈 객체의 눈

언 땅 밑으로 쓰라린 적막을 딛고
몸을 푸는 소리가 나무의 밑둥치로부터
신음처럼 꼬르륵 꼬르륵 기어오른다

강이 일어서고 꽃망울 잔치에 삭풍도
참회의 순례인양 살빛 같은 향기 되어
끝가지 아픈 눈에 훈훈한 애무를 해온다

짓눌린 가슴에 산고가 진동처럼 울려오는데
발칙한 봄의 꼬리가
햇살과 맞선도 보기도 전에
바람에게 배신의 몰매를 맞는다

삭풍은 봄의 눈으로 볼 땐 배신자이지만
바람의 눈에는 담금질로 다가서는
보살의 매질이다

몸을 숨기는 봄 햇살이 오히려 수상한데
꼬리도 잡히기도 전에 숨바꼭질 하자며
어두운 그림자 하나
슬쩍 밀어 놓고
나 몰라라 하고 달아난다

산고

꽁꽁 언 숨결 터지고
끝가지는 타는 목마름으로 봄을 부르고
아지랑이는 타는 가슴으로 봄을 유혹한다

갈증 난 듯 잔가지에 오르는 봄물
푸성귀 초록눈 사이로 봄이 스민 풋내가
코끝에서 살랑살랑 춤을 춘다

깨어나는 봄은 향수를 품고 부활한다
겨울발등 위로 저린 꽃잎 드러누운 봄 여울의
가슴 아린 추억을 추스르고
추억은 봄을 품어내는
아픈 그리움을 만들어 간다

봄의 자궁에서 피어나오는 산고의 향기는
옛사랑이 꽃가마 타고 온다 했던가

여민 옷가슴 풀어 헤치고 봄은
잉태의 여인으로 온다 했던가

시절인연

수영강 어깨 너머로 봄비가 첨벙첨벙 걸어가더니
그리움에 무르익은 4월의 처녀가
어미 같은 봄의 허리를 덥썩 잡고는
연분홍 벚꽃 탑을 차곡차곡 쌓아간다

여인의 향내가 스며오는 끝가지 속으로
여여하게 춤을 춰대는 꽃의 조각들
두근대며 유혹스런 밤이
그윽하게 깊어만 간다

미련 떼지 못한 풋사랑 두고
바람도 몹시 설레는지 치근덕거리는데
떨기사랑 두런두런 풀어내는 강물은
시치미 뚝 떼고

잉태의 설렘은 내 몰라라 한다

탯줄

10월의 나무가 결산의 얼굴을 내밀고
겸손하게 탯줄을 끊어내고 있다
꽃을 피워내기 위해 시린 발 딛고 일어서
고혹스런 인내를 키워온 나무는 이로서
한 해의 생을 마감한다

거룩한 염원이 부풀어 오르고
얼마나 많은 염려와 아픔이 살 속을 파고 들었기에
서린 눈살 속으로 울어왔을까

탯줄에서 시작하여 탯줄에서 매듭 짓는 나무
꼭지가 떨어지는 날
얼마나 많은 아픔을 견뎌야만 했을까
그 누구도 알 수 없는 아픔을
어머니는 알고 있었다

어머니 뱃속을 뛰쳐나올 때도 나는
어미와 한 몸이었음을 몰랐다
탯줄이 끊기던 날 어미로부터 홀로 되고
아픔처럼 달려가던 그 곳이

태의 고향이었음을 여실히 알지 못했다

못다핀 꽃망울

한 떨기 꽃 피워 내려고 겨우 내내
가슴 좋여 왔는데
봄빛 세상 보려고 기도하듯 기다려 왔는데
햇살 한 줌 보지 못하고 가야만 하는
너의 모습 가련하구나

원망도 하여라 분노도 하여라
몸부림친 뒷자리에 애절하게 들려오는
통한의 눈물소리 보인다

아린 아픔 치유하는 너를 위한 기도하리니
서러운 넋을 달래는 천도의 기도 하리니

원망도 분노도 구름처럼 떠나거든
설움도 눈물도 바람처럼 훨훨 떠나거든
미움도 없고 원망도 없는 새 세상에
다시 꽃 피워 오렴

내 너를 위한 거름이 되리니

인드라망

바람의 풀꽃은 한 잎 사랑이 더 그립다
공존의 모퉁이로 밀려난 서러운 꽃은
한 줌 햇살에 묻어둔 핏빛 사랑이기에
바람에 흔들리는 풀잎 삶은 햇살 같은 희망이고
그 울음의 빛은 붉은 그리움의 소리다

혼신을 다해 피어나는 풀꽃들
한 줌 흙이 되더라도 다시 피어난다
천강 만강에 비쳐오는 달그림자는
관음의 손결로 여여하게 오가는데
삶은 사랑이고 사랑은 영원한 염원이다

꿈을 틔워내는 그리움의 붉은 소리는
님을 그리는 존재의 불빛소리다
구원의 소리 한 조각 휘이 던져 나눈 삶 펼치는
너와 나 두두물물이
인더라 강물에 드리운 일즉다 다즉일

어미의 속 같은 핏빛 사랑끈이다

인생 시계

삶의 시계는 단 한번 멈추지요
언제 멈출지는 나도 모른답니다
이 신비한 시계가 멈추지 않는 지금
이 순간 순간만이 내 시간의 연속일 뿐이지요

길가다 돌부리에 치어 아프니
돌을 미워하리까
매몰찬 바람이 내 뺨을 후려쳐도
바람을 미워하리까
인연은 느닷없이 나에게 다가서지요
미워하지도 말고 사랑의 비법으로 승화시켜
사랑으로 미움이 용해되면
그 미움은 사랑으로 변한답니다

가던 길 묵묵히 가세요
멈추지 말고 그대로 가세요
내일은 믿지 마시고 그냥 천천히 가다 보면
나도 모르게 인생 시계는
멈추게 될 수도 있습니다

배롱의 선문답

따가운 햇살 이고 붉은 가슴 헤치고
항구의 세월을 선정에 들었다

묵언 참선일까 화두 참구일까
붉은 눈매 속으로 흐르는 적멸의 그림자
겁을 지나는 삼매경이다

붉은 지조 지그시 물어버린 매서운 눈초리
물새 한 마리 끝가지에 앉아 귀를 어지럽혀도
흔들림도 없이 돌나무 되어
이미 무념의 경지이다

번뇌도 내려놓고 망상도 던져둔 무아의 경지
붉은 입술은 적멸의 꽃 한 송이 툭
화두로 던져 올리는데

아뿔사 중생도 아니고 부처도 아니다

분황사에서

경주 분황사 경내를 밟아본 적이 있다
내가 마지막으로 보았던 탑의 수호자도
40여 년이 지난 지금 시간의 중력을 비켜가지 못했다

번뇌로 쌓인 업보 두둑하게 짊어지고
천년을 향해 만행의 길 밟는
초지보살의 뼈를 깎는 인욕수행인가

으르렁거리던 포효도 영원할 것만 같았던
무서운 형상도 모진 풍상에 살점은 떨어지고
초점 잃은 눈빛은 고뇌의 소리로 엉엉거린다

기약도 할 수 없는 세월에 눈물 짓누르며
이끼처럼 끼어 왔던 무명의 때를
얼마나 긴 세월을 벗겨내려 하는가

옛 친구가 반가운 듯 눈길 건네지만
무상한 육신의 진리를 이제사 깨뜨려 버린 듯
저 홀로 아리송한 모습으로
무념의 배 저어 간다

우리 함께 하였더냐

바람아 언제 우리 함께 하였더냐
저 아득한 생에서라도 비야 우리 함께 하였더냐
바람 불면 흔들려 오고
비 오면 젖어보지 않는 풀잎 꽃잎도 있었더냐

저물어 가는 가을 황혼이 다 지기 전에
마른풀 잎 꽃잎 속으로 들어가
바람에 흔들려도 보고 비에도 젖어 보련다

바람의 비밀 속으로 허무의 경전을 묻고
너를 부둥켜안고 흔들려 보련다
흔적도 남김없이 비의 비밀 속으로 탑을 세우고
흠뻑 젖어 녹아내리련다

이생이 다하도록

4부

바람꽃 길을 묻다

절망의 고개를 떨굴 때

다들 넘을 수 없는 벽이라고 느꼈을 때
가지 않고 돌아서 버린다
아무도 오를 수 없는 벽이라고 실감했을 때
오르지 못하고 주저앉는다

그 누구도 나아갈 수도 올라갈 수도 없다고
절망 속에서 허우적거릴 때 담쟁이는 보란 듯이
거미손을 뻗어 벽을 오른다

자 보아라 절망아!

벽이 감당키 어려울 만큼 두려울지라도
오르는 것이 아무리 어려울지라도
담쟁이는 절망을 처절하게 짓밟고
푸른 손길을 벽에다 감아 붙이고 한뼘 한뼘
위로 올라간다

하나의 손이 다른 손 잡고
다른 손이 또 다른 손을 잡고 끌어 올린다
절망의 무게를 가볍게 끌어올릴 때 까지
아무리 높은 벽일지라도 담쟁이 보살 손은
멈추지 않고 찰싹 달라붙어
함께 장벽을 넘어간다

달은 왜 건져내려 하는가

늦은 가을 뭇서리 저리 내리고
한 잎마저 달랑거리는 아픔이 스쳐갔다

여름 성성한 날 하늘 향해
거칠 줄 모르고 솟아오르려는 오만한 나무는
유아(有我)의 영원성을 향해 달려가려는
진화에의 욕구였던가

겨울의 권력 앞에 처절히 무너져버린 독선
이제는 허공의 자궁 속으로 뼈를 심어 놓고
무아(無我)의 여의주 입에 물고
슬픈 계절이 오기 전에
무상의 쪽배 저어 흔들림 없이 가야하리

강에는 물이 있어 달이 비치고
나무가 있어 새 울고
바람 불어 잔가지 흔들려 오는데

달은 왜 건져내려 하는가

용서와 사랑

세파에 시달려 가슴 빗장 걸지라도
더 이상 물러설 수 없는 천길 벼랑에 서 보면
용서할 수 없었던 사연들은
먼지 조각처럼 헛되고 부질없는 것들이다

이럴 땐 가슴 빗장을 천둥처럼 때려 부수고
지나가는 바람에 깨끗이 씻어
속까지 다 비우고 싶을 때가 있다

가슴에 못처럼 박혀버린 응어리진 것들이
더 이상 물러날 수 없는 벼랑에 서 보면
제 스스로 풀어낼 수 없었던 어둠의 것들과
가슴에 떠오른 미움의 얼굴들이
돌이켜보아 눈물처럼 훌훌 풀어지며
속 풀어 헤치듯 용서하고 싶을 때가 있다

그리고 새로이 사랑하고 싶어진다
꺼질 줄 모르고 타오르는 불꽃처럼
활활 타서 사그라질 때까지
그 모든 것들을 다
사랑하며 살고 싶어진다

바람꽃

가을빛 저물어 갈 때
빛바랜 잔가지 마른 잎새가 달랑 달랑
바람에 떨고 있다

가을의 손끝이 훑고 간 자리
앙상한 슬픔이 터져 내린다
계절이 남기고 간 사랑의 포근한 그리움들
가슴 갈피에 간직하고
마지막 한 잎마저 보내야 하는
아픔이 쌓여간다

기억 속에 남는 한 잎의 경전
바람꽃 되어 어디로 가는가
씨알로 거듭나는 향촉 원각의 품속에서
붉은 그리움 되어
울고 울어

봄 언덕 고혹의 멍울로
다시 올까

숨어 우는 진주

꽃등 깊숙한 곳에 참다운 진주구슬이
숨어 운다는 것을 새는 모른다

보이는 것들만 존재인양 보이는 눈은
제 잘난 듯 뽐내듯 허세만 뜨는 눈먼 새

아름다운 자태와 고운 빛깔 자랑하지만
그런 새에게 달은 좀처럼 뜨지 않는다

우연을 가장한 필연의 배 타고
시간의 터널 속으로 사라져 갈 뿐이다
보이는 것들과 들리는 것들이 슬픔처럼
안개 속으로 정처 없이 가버린다는 것을
그리움이 불현 듯 일어났을 때

새는 의심의 풀 슬그머니 헤치고
진주에 다가간다

되돌린 발길

꽃등 불 밝히고 가부좌 튼 참주인
정녕 자유인이며 시공의 왕이다

산에 오른 새는 내려가야 하듯이
환희에 젖어서 결단코 안주만 하지 않으리

새는 바람 같은 강을 떠날 수 없어
돌아왔지만 다시
강의 길을 가야한다

귀향길 재촉하는 단 하나의 꿈만
오롯이 싣고
방편 칼 휘두르는 성난 망난이가 되어야 하리

부정과 충격 요법 다 던져보나
지금은 꺼리는 일

능히 말은 하지 않지만
티끌 속에 티끌 없는 비밀의 길 가려면
먹이처럼 던져주는 어설픈 말도
때로는 붓타의 길잡이가 된다네

하늘은 하늘이 아니고
땅은 땅이 아니라네

하나 되어

새와 강은 하나가 되어
있고 없음의 인식도 없네

무명들은 기이한 것 찾아 헤매는데
참사랑 진주새 홀로 고향에 돌아와
버려진 옛집의 성긴 잡초는 촘촘히 뽑고
배고프면 불 올려 저녁밥 지으리

강가에 홀로 앉아 명상에 잠기니
거울 하나 덩그러니 꽃등에 걸려
붉은 빛 지나가니 붉게 비치고
푸른빛 다가오니 푸르게 비치니

핏빛 사랑 자비의 꽃비 들고
먼지 날면 먼지 쓸고
바람 오면 바람 쓸어 시름없으니
하늘은 그대로 하늘이고
땅은 참 그대로 땅이라네

그리하여 말없다 한들 말없는 것은 아니네
무심한 구름도 걸음 멈춰
내려다보는데

나의 살림살이가 이만하면 어떠한가요

함께 가는 길

꽃등 손에 들고 함께 가는 새
마주친 두 개의 칼날은 회피하지 않으니

숙련된 새들은 불속의 연꽃처럼
우렁찬 대장부 기틀이 천지에 완연하여
거친 강가에 눈 밝은 꽃등 켜고 오면

심신은 편하고 공능은 두둥두둥 자재하여
검은 강이 꽃등이고 꽃등이 검은 강
하나로 손잡고 조심조심 강물을 건너지만
아직은 서투른 카르마의 날갯짓이네

계합도 아님도 또한 말할 수 없으나
그리하여 말이 없지는 않으니
부분긍정의 날개가 슬쩍
허공을 저어가네

귀향

꽃등 그리움 무르익어 님 찾는 사랑이
뼛속에 스며 아린 맛을 보지 못한 새는
좀처럼 고향으로 돌아가려 하지 않는다

새가 가려는 그 길이 잊혀진 고향이니
험난한 가시길 지르밟고
옛집에 돌아와

어둠의 등 환하게 불 밝히고 불 밝히니
그리움에 터져버린 꽃등 다시 피어오르고
무명새는 진주구슬 입에 물고 환희에 젖는다

진주의 자리에서 바라보는 세상은
보이는 것마다 다 불 밝힌 꽃등인데

밝은 눈으로 꿰뚫어
거짓을 단박에 깨뜨려 버리니
진실하고 영원한 진주가 늘
함박웃음이다

5부

머무는 곳마다 선의 소식
(평상 속의 길)

여백

겨울이 내민 화해의 손 잡으니
팍팍했던 백양산이 풋풋한 숲길을 연다

자기만의 영역을 지키며
부딪히지 않을 만큼 간격을 두고 뻗어가는
간섭하지 않는 여유가 나무에게는 있어
소란 없이 서로 잘 어울린다

가깝지 않으니 부딪히지 않고
부딪히지 않으니 서로가 편하다
멀지 않으니 외롭지 않고
외롭지 않으니 나무는 숲을 이룬다
사람과 사람 사이에도 간격이 있어야 한다
너무 가까이 다가서니 부딪히고
부딪히니 상처가 난다
우리는 나무처럼 간격을 지키며 살고 있는가

편백의 여유는 향기가 있다 그러니
적정한 간격으로 숲을 이룬
백양산의 편백을 보는 날이면 늘 편안하다
간격은 배려처럼 비어두는 여백이지만
힐링숲 같은 상생의 집이라는 게지

붓타의 땅에 가다

비바람이 움켜쥐고 쓸고 지나가도
정토의 종소리 아득히 들려온다
옛사람 숨결스며 천년을 눌러온 향취
여인의 품처럼 그립다
발걸음 걸음마다 천년 건너 다시 선 옛 땅인 듯
팔백의 돌부처가 어미를 본 듯 정겨워진다
바람도 멈춰 훈훈하게 반겨주고
구름도 걸터앉아 정겹게 손을 흔드는데

불국토 염원이 속속들이 스며든
부처들의 미소소리 빙그레레 바람결에 날리고
염불의 맑은 함성 천년을 흘렀어도
골짝골짝마다 메아리로 들려온다

모진 풍설 오고 갔지만
살 빚고 뼈를 갈아 먼지로 떠 돌아도
예리한 삼매의 눈은 항구의 세월을 불국토인양
자비의 미소로 나를 부른다

후 천년 겁이 지나도록 가부좌 튼 연화대
실상반야(實相般若) 사자후는 변함없이
으르렁 으르렁 허공을 울렸네

산사의 봄

바위 틈새가 들려주는 옥구슬 소리
조용히 귀 기울여 들어 보는데
화두품은 봄의 정령이 적막을 깨뜨린다

너도 나도 꽃을 피우는 봄
산새는 어찌 저 홀로만 지저귀는가
울었다 고요하고 울었다 고요하고 아뿔사
저 그리움의 소리가 광풍을 지나온
적멸의 그림이었네
가지마다 걸린 햇살이 아른아른 졸고
산마을은 꽃향기에 녹아 아늑하게 누워버렸다
봄바람에 빗질하는 수양버들 하늘하늘
유혹의 손짓이 봄의 여인불이다

사시공양 목탁소리 저 멀리 들리니
으랏차 이젠 숨이 차다
문득 고개 들어 합장하니 향내 한 줌이 마중을 나온다
미소 띄우던 구름은 천태산에 걸터앉아
염불소리에 드러누워 잠이 들었네

법당에서 들려오는 관세음보살 관세음보살
나는 불현 듯 법당에 올라 관음보살 첫 부름에
이미 관음 삼매경이다

비 오는 날

쁘라삐눈 태풍이 비껴가고 장마도 누었지만
질척대지 않는 비가 아침을 적시고
공기가 씻긴 듯 맑으니
출근길 내 발걸음이 상쾌하다

느린 속도의 차량들, 젖어 싱그러운 은행잎
우산 든 행인의 낭만스런 걸음도
지원군을 만난 듯 도시를 접수한다

요란하지 않는 비가 쌓인 불순물을 씻어 내리면
나는 비와 마주앉아 커피를 마신다
세상일도 비 오는 일처럼 느리게 갈 수 없을까
브레이크도 없이 달리는 시간
도시의 공간은 늘 숨이 차다

비를 맞는 사람들 비를 보는 사람들
다들 비와 무슨 대화를 나눌까
자연이 주는 영감 오늘은 힐링만 생각하자

비가 접수해버린 도시의 아침
오늘은 내 마음 여유가 생기는
차분한 명상의 시간이다

동거

그녀에게 안겼을 때 내 몸은 만신창이가 되어 있었다
이런 나를 불평도 없이 받아준 것은
연인으로서 사랑해서도 아니고
연민으로서 자비를 베풀어온 것도 더더욱 아니다

어느 날 나는 일방적 의사로 흙침대와 동거를 했다
첫눈에 반하여 비싼 값을 치르고 데려왔지만
낯선 여인에게 익숙치 못한 나는
그녀가 나를 안으려할 때 등허리가 아프고
좀이 쑤셔 정을 붙이지 못했다

미운털이 박혔지만 그렇다고 내쫓기도 아까웠다
오래도록 살을 맞대면 정이 스며든다고 했던가
십여 년을 뒹굴다 보니 내 몸을 다 알아버린 그녀는
지친 나에게 더 애살이 붙어 불평 없이 나를 대한다

그저 그만큼만 길들여져 있는 그녀는
운명처럼 내 곁에 착 달라붙어 있다
불편한 내가 그녀에게 안길 때
무의식의 동굴에 기대어 서서
고향길 자장가를 불러주던 내 어미 같은
아늑한 여인이 되어 주었다

묘지 문패

울아버지 이름 석 자 울엄마 이름 석 자
장승 문패 만들어 놓고 그 밑에
내 이름 석 자 같이 넣고 죽어도 같이 사네

팔월 보름날 날 한 번 부르고
해 바뀐 정월쯤이면 또 한 번 부르고
아버지방 엄마방 누운 그 자리 문패는 싱긋
제비꽃은 빙그레레 나를 반긴다

울아버지 분가한 지 21년 울엄마 분가한 지 15년
산자와 죽은 자의 경계도 없는 묘지 문패
여기는 불이문(不二門)

아버지 내 왔어요 엄마 내 왔어요
불러도 어찌 대답이 없노
주무시나

오늘은 팔월 보름 기껏 날 불러놓고 나란히 누워
말없이 지켜보는 울엄마 울아버지
주무시나 보다

나 없을 때 두 분 나란히 누워서
무슨 애기 주고 받을까

경계와 경계 사이

해 질 녘 창밖으로 어슴푸레 보이는
검붉은 무늬는 낮과 밤의 경계다

이쪽과 저쪽은 형상이 있어 구분 짓는 경계가 있다
토막 난 불빛마저 없이
어둠 속에 잠긴 공간은 경계를 짓지 않는다
시간만이 일출의 경계를 열어주지만
어둠으로 점령당한 공간
구분 짓지 못할 어둠 속의 형상들은
선악의 경계마저 모호하다

명쾌한 경계가 없는 세상은 모순이지만
우리는 그 모순을 먹고 있다
어둠이 가고 동이 트면 다시 세상이 들어서지만
보이는 것은 다 경계로 구분 짓는다

어둠을 걸어나온 너와 나
비틀대는 발목들은 제 몫을 지켜내는
투명한 경계를 밟고 서서
이제는 서로 기댈 수 있을까

눈을 씻고 돌아보면

눈을 씻고 되돌아본 나비는 아름다울까
서투른 손길로 저울질하던 뒤안길에서
메말랐던 페이지마다 상처의 기억들이 담기면
한 모금의 맑은 물로 눈을 씻는다

만남의 날갯짓도 떠남의 날갯짓도
가시처럼 쏘아버린 눈길만 아니라면
물길처럼 트는 맑은 만남이다

삭막한 틈새에서 돌아보는 나의 모습도
나비의 뒷모습처럼 아름다울까
가문 날 메마른 가슴으로 서서
사랑에 젖은 눈길을 건네지 못하던 시간도
한 번쯤 눈을 씻고 돌아보는 시간은
홀러덩 벗어낸 낙엽같이 속이 가볍다

눈을 씻듯 입을 헹구거나
입을 헹구듯 눈을 씻어내면
비수 같은 언어의 파편들도 다 녹아
꽃이 된 나의 바람이 향기롭다

관음의 고뇌

4월의 봄은 영국사의 뒷산에도
꽃향기 설레는 타는 가슴으로
조잘거리며 왔다

쉴 새 없이 봄물 터뜨려내는
불타는 봄산 그 속으로
사랑의 그리움이 아련하게 맴을 돈다

산자락 굽이쳐 울려오는
산사의 예불 종소리
부처의 음성으로 골골마다 스며드는데

화들짝 놀라 몸부림치는
연분홍 진달래 한 떨기
어둠 속에서
뭉클뭉클 외로움을 토해낸다

수줍은 얼굴 사알짝 치켜들고
고독스레 흔들어대는
그 여인의 모습

관음보살의 고뇌가 아른아른
붉은 낯빛에 서린다

행복의 밑천

당신의 은혜는 내 마음에 굳건히 새기고
늘 감사하는 마음으로 나를 낮추겠습니다

우리 살날이 얼마인지 모르지만
지난 세월 오해와, 불신,
미움은 다 쓰레기통에 구겨 넣고
이제는 당신의 좋은 면만 보고 살아가지요

당신의 단점이 내 눈으로 들어올 땐
나의 눈 질끈 감아버리지요
내 마음의 노트에는
당신의 고마웠던 일들과 행복했던 기억들을
기쁨으로 다 적어 두었지요

가끔씩 힘들 때 이 노트 펼쳐들고
행복과 기쁨의 재충전으로 삼지요
노트 속에서 우리 행복의 밑천들이

고구마 넝쿨처럼 술술
달려서 나오니까요

해설

월강(月江)의 시학
공성(空性)의 미학

고영섭

(시인, 문학평론가, 동국대학교
불교학과 교수)

월강(月江)의 시학 공성(空性)의 미학

고영섭

(시인, 문학평론가, 동국대학교 불교학과 교수)

1. 개념과 형상을 넘어

시란 무엇인가? 시인은 누구인가? 시는 어떻게 쓰는 것인가? 시인은 어떻게 사는 사람인가? 시를 왜 쓰는가? 시인은 왜 되고자 하는가? 이처럼 우리가 읽는 시에는 세계관적 범주가 있고 세계관적 방법이 있다. 흔히 방법은 어떠한 목적을 이루기 위해 취하는 법칙이나 도구를 일컫는다. 철학에서 방법은 객관적인 진리에 도달하기 위해 연구하는 수법 또는 사유대상의 취급법을 가리킨다. 그리고 그 방법은 육하(六何)의 형식, 즉 '언제'(When), '어디서'(Where), '누가'(Who), '무엇을'(What), '어떻게'(How), '왜'(Why)라고 하는 '세계관적 범주' 속에서 특히 '무엇을'과 '어떻게'와 '왜'와의 상호관계 속에서 이루어진다.

이 때문에 철학에서는 '무엇'이라는 '존재의 내용'보다는 '어떻게'라는 '존재의 방법'을 더 집중적으로 묻고 있다. 우리가 인물과 인물, 사상과 사상, 철학과 철학 등의 차이를 발견하는 것은 우리가 세계관적 범주로 묻기 시작할 때 비로소 가능하다. 대개 우리가 묻는 범주가 달라지면 우리의 인식의 내용도 달라진다. '왜'의 범주로 물으면 원인을, '어떻게'의 범주로 물으면 방법을, '무엇을'의 범주로 물으면 대상을 알 수 있게 된다. '누가', '어디서', '언제'도 마찬가지이다. 이들 여섯 가지의 세계관적 범주로 묻고 정리하는 과정에서 가장 우선하는 것은 '왜'이다. 그런데 우리가 '언제', '어디서', '누가', '무엇을', '어떻게', '왜'의 형식에 근거한 물음이라고 해도 이들은 각기 다른 인식 내용을 얻게 되며 다른 형태의 세계관을 이루게 된다. 그런데 여기서 '왜'의 물음은 세계관적 목적이 된다. 시인 남청강의 첫시집 『달은 왜 건져내려 하는가』에 실려 있는 63편의 시들은 바로 이 '왜'의 원인을 묻고 있다.

시인은 「시인의 말」에서 "달은 하늘 달이든 물속 달이든 영원불변의 실체가 아니다. 개념[名]과 형상[相]에 속지 않는다면, 인간과 우주 자연이 그대로 적멸(中道無我, 중도무아)의 진리다. (이와 같이) 오고[如來] (이와 같이) 감[如去]을 여실히 볼 수만 있다면, 우리의 삶 그대로가 시고, 희망이고, 기쁨이니, 두두 물물의 관계가 선(연기법을 깨달음)의 소식들이다"고 하였다. 이것은 '왜'의 물음을 통해 터득한 '답'이어서 깊은 울림이 있다. 무엇보다도 시인은 개념과 형상에 대한 육하의 물음에서 '어떻게'의 방법을 넘어 '왜'의 원인을 제시해 주고 있다. 시인의 시가 철학적일 수밖에 없는 것은 이 때문이다.

대개 한국 현대시를 전관하는 시인들은 '한국시에는 철학성이 부족하다'는 말을 하고 있다. 이 말은 음악성과 회화성은 풍부하지만 사유를 담아내는 철학성이 '결핍'되어 있거나 '소홀'하게 다룬다는 의미이다. 이미지와 시각성에 집중하는 모더니즘 시편들이나 서정성과 청각성에 치중하는 리

리시즘 시편들은 회화성과 음악성은 풍부하지만 인식과 논리를 녹여내는 사유 지향의 시편들은 상대적으로 부족하다는 것이다.

시인은 「시인의 말」에서 '바람 불면 흔들리고 비 오면 젖고, 봄이 오면 꽃 피고 새가 우는 이치를 아는가요', 우리는 지금 '달과 강물의 배우가 연출해내는 드라마틱한 원각경 한 구절을 읽고 있다'며 '월인의 시학'을 통해 '공성의 미학'을 보여주고 있다.

달이라는 배우와 강물이라는 배우가 연출해 내는 월인 천강(月印千江)의 시학과 본각과 진심이 빚어내는 자애 비원(慈愛悲願)에 기초한 공관 공성(空觀空性)의 미학은 시인의 시가 철학적일 수밖에 없는 이유를 암시해 주고 있다.

시인은 세상을 떠난 어머니와 아내에 대한 사랑을 월인 천강의 인식과 공관 공성의 존재로 승화시켜 나간다. 그리하여 대승불교가 추구하는 공성의 미학이 월강의 시학에 기초해 있음을 보여주고 있다.

이 시집은 '그렇게 울었나 보다'(제1부), '꽃피고 새 울면'(제2부), '꽃 지고 바람 저무니'(제3부), '바람꽃 길을 묻다'(제4부), '머무는 곳마다 선의 소식'(평상 속의 길, 제5부)로 구성되어 있다. 시인은 '울음'과 '꽃'을 거친 '바람'과 '바람꽃'을 '선의 소식'으로 이어가고 있다.

2. 달과 강물의 드라마

불교 전통에서 해는 지혜를 상징하고, 달은 자비를 상징한다. 지혜의 해가 하루를 환히 밝혀 가면 자비의 달이 온밤을 밝게 열어 간다. 저마다 빛의 강도는 다르지만 해와 달이 펼쳐내는 지혜와 자비의 광선은 차별이 없다. 모두가 받아들이는 이들의 마음자세에 따라 이루어지는 것이다. 마치 하늘의 비는 차별이 없지만 '세 갈래 풀'[三草]과 '두 가지 나무'[二木]가 제 각각의 그릇에 따라 적셔지는 부위가 다른 것처럼 말이다.

모든 존재자는 자신의 '깜냥' 즉 '그릇'과 '안목'에 따라 세계를 받아들인다. 붓다는 일음교(一音敎) 즉 한결같은 가르침으로 전하지만 중생은 팔만 사천 가지로 받아들인다. 왜냐하면 중생들은 저마다 자신의 그릇만큼 받아들이기 때문이다. 시인은 이것을 "유아(有我)의 영원성을 향해 달려가는" 중생들처럼 "여름 성성한 날 하늘 향해/ 거칠 줄 모르고 솟아오르려는 오만한 나무"의 "진화에의 욕구"로 파악하고 있다. 그 욕구가 결국 그를 구성하는 것이다.

늦은 가을 무서리 저리 내리고
한 잎마저 달랑거리는 아픔이 스쳐갔다

여름 성성한 날 하늘 향해
거칠 줄 모르고 솟아오르려는 오만한 나무는
유아(有我)의 영원성을 향해 달려가는
진화에의 욕구였던가

겨울의 권력 앞에 처절히 무너져 내린 독선
이제는 허공의 자궁 속으로 뼈를 심어 놓고
무아(無我)의 여의주 입에 물고
슬픈 계절이 오기 전에
무상의 쪽배 저어 흔들림 없이 가야하리

강에는 물이 있어 달이 비치고
나무가 있어 새 울고
바람 불어 잔가지 흔들려 오는데
달은 왜 건져내려 하는가

　－「달은 왜 건져내려 하는가」 일부

　하지만 시인은 그 오만한 나무에게 "겨울의 권력 앞에 처절히 무너져 내
린 독선/ 이제는 허공의 자궁 속으로 뼈를 심어 놓고/ 무아(無我)의 여의
주 입에 물고/ 슬픈 계절이 오기 전에/ 무상의 쪽배 저어 흔들림 없이 가
야하리"라고 역설한다. 그는 '작은 내가 있다'는 '유아'의 그늘을 넘어 '작
은 내가 없다'는 통찰을 거쳐 '무상의 쪽배'를 타고 '작은 나'[有我]와 '덜 큰
나'[無我]를 넘어 '더 큰 나'[大我/眞我]로 나아가려는 한다. 이 때문에 시
인은 지혜의 해를 건져내려 하는 것이 아니라 자비의 '달을 건져내려 하고'
있다.
　자비는 '기쁨을 함께 하면 그 기쁨이 배가(倍加) 되고 슬픔을 함께 하면
그 슬픔이 반감(半減)된다는 말이다. 그러므로 대승불교는 붓다아라한(佛
陀阿羅漢)이 성취한 지혜의 햇빛을 보살대사(菩薩大士)가 펼치는 자비의
달빛으로 전환하는 것이다. 대개 사람들은 똑같은 가르침을 들어도, 똑같
은 책을 보아도, 똑같은 영화를 보아도 저마다의 그릇과 안목에 따라 다르
게 받아들인다.
　남청강 시인은 평범한 일상에서도 앎의 깊이와 삶의 깊이로 이 세계를
바라보고 있다. 그가 주목했던 달과 강물의 관계도 일찍이 「월인천강지곡」
에서 사용된 예가 있다. 하지만 시인은 달과 강물의 관계뿐만 아니라 새와

꽃새 관계로도 펼쳐내고 있다.

　네이버에 강물 위에 달빛이 비치듯이, 야후의 수면 위에 달빛이 드리우 듯이 자비의 달은 늘 우리를 비추고 있다. 하지만 잠자는 강은 듣지 못하 고, 눈 감은 이는 느끼지 못한다. 그러나 달은 언제나 모든 존재를 비추고 있다. 시인은 강이 되어 강의 심장소리에 다가가고 있다.

　잠자는 강이었기에 어제는 강의 심장소리 듣지 못했다
　봄비 속으로 맥이 뚫린 강이 오늘은
　우레 같은 소리를 내면서 흐르고 있는데
　강의 심장이 보내는 울림이다

　가만히 귀 기울여 보면
　기운차게 저만치 강물을 밀어내는데
　강이 내뿜는 생명의 호흡작용이다

　어느 날 가위 눌리듯 멈춰버린 강이
　겨울이 내민 화해의 손을 잡더니 굳었던 낯빛은 풀어지고
　비켜 두었던 길을 열고 미련없이 미끌어져 간다

　사람들도 망각의 시간 찾아 내려놓고
　강 같은 심장 굴려 호흡을 갖추었을 때
　열정 같은 산고의 무게도 다시 짊어지겠지

　나에게도 강의 심장같이 화해의 손 내밀고
　언제 한번만이라도 어혈진 피를 풀고

미련 없이 돌려본 적이 있었던가

– 「강은 다시 흐르는데」 전문

우리에게 심장이 있듯이 강에게도 심장이 있고 호흡이 있다. 우리가 잠을 자거나 눈을 감으면 보지 못하고 느끼지 못하듯이 생명체인 강도 그러하다. 시인은 "잠자는 강이었기에 어제는 강의 심장소리 듣지 못했지만"이내 "봄비 속으로 맥이 뚫린 강이 오늘은/ 우레 같은 소리를 내면서 흐르고 있다"며, "어느 날 가위 눌리듯 멈춰버린 강이/ 겨울이 내민 화해의 손을 잡더니 굳었던 낯빛은 풀어지고/ 비켜 두었던 길을 열고 미련 없이 미끌어져 간다"고 살피고 있다.

나와 너, 우리와 그들의 삶은 관계로 이루어진다. 관계는 연기적으로 이루어지기에 중도적으로 풀어가야만 한다. 하지만 현대인들은 사회에서 이루어지는 무수한 관계 속에서 고민하게 된다. 막히고 닫힌 관계를 풀기 위해서는 "나에게도 강의 심장같이 화해의 손 내밀고/ 언제 한번만이라도 어혈진 피를 풀고/ 미련 없이 돌려본 적이 있었던가"라는 성찰이 필요하다. 어제나 오늘이나 내일에도 '강은 다시 흐르는데'우리는 이러한 흐름의 미학을 소홀히 하지 않는가 되돌아보게 된다.

여기서 흐른다는 것은 휘둘리지 않는 것이며 붙들리지 않는 것이며 묶이지 않는 것이다. 자유인은 대상에게 붙들리지 않고 휘둘리지 않고 묶이지 않고 곧바로 투과(透過) 즉 뚫고 지나가는 존재이다. 삶의 묘미란 모든 이들이 자유인이 되기는 쉽지 않다는 점에 있는 것이다.

인간에게는 스스로 세운 목표를 쉽게 이룰 수 없다는 점에 삶의 묘미가 있는 것이다. 인간은 대상과 경계에 유혹받고 흔들리는 보잘 것 없는 존재이기에 살아갈 이유가 있는 것인지 모른다. 인간은 강력한 존재이기도 하지만 한편으로는 나약한 존재이기도 하기 때문이다.

　묻었던 사랑 다시 이는 밤
　그리움은 바람에 안기는데
　잎새에는 그리움 싣고 빈가지에는 사랑을 달았다

　망상의 바람소리 분노처럼 들려오고
　번뇌의 잎사귀 미련같이 흔들려 오는데
　배는 가자 가자 손을 흔든다
　뱀의 혓바닥 날름대는 저 유혹의 칼춤일랑
　바람의 흔적처럼 훌훌 벗어버리고
　고운님 붉은 사랑 그리움처럼 끌어안고
　새 신발 갈아 신고 새 옷 갈아입고
　이랴 이랴 달려 간다네

　수레야 달려라 쉬지 말고 달려라
　님 찾아 가야 한단다
　여명의 소리 성큼성큼 걸어오고 있단다
　대장부 우레 소리로 붉은 심장 으르렁 으르렁 울려
　어둠이 오기 전에 어둠이 오기 전에
　강물을 건너야 한다

　－「기틀을 돌려」 전문

시인은 밤이 되면 이따금씩 세상을 떠난 부모님에 대한 그리움이 일어

난다. 암에 걸린 아내에 대한 연민 그리고 안타까움과 미안함, 외로움이 시나브로 일어나는 것이다. 그래서 "망상의 바람소리 분노처럼 들려오고/ 번뇌의 잎사귀 미련같이 흔들려 오는데/ 배는 가자 가자 손을 흔든다". 하지만 시인은 "뱀의 혓바닥 날름대는 저 유혹의 칼춤일랑/ 바람의 흔적처럼 훌훌 벗어버리고/ 고운님 붉은 사랑 그리움처럼 끌어안고/ 새 신발 갈아 신고 새 옷 갈아입고/ 이랴 이랴 달려 간다". 시인은 칼춤의 유혹을 바람의 흔적처럼 벗어버리고 또다시 채찍을 부여잡고 달려가고 있다. 그리하여 시인은 자리와 이타를 병행하는 대승적 지향을 초지일관 고수해 가려고 한다.

시인은 사랑했던 고운님을 내가 추구해야할 대상으로 시설하고 "수레야 달려라 쉬지 말고 달려라/ 님 찾아 가야 한단다/ 여명의 소리 성큼성큼 걸어오고 있단다/ 대장부 우레 소리로 붉은 심장 으르렁 으르렁 울려/ 어둠이 오기 전에 어둠이 오기 전에/ 강물을 건너야 한다"고 승화시킨다. 시인은 그리움과 이성에 대한 사랑을 '대장부 우레 소리로 붉은 심장 으르렁 으르렁 울며' 유혹의 "어둠이 오기 전에 어둠이 오기 전에" 저 "강물을 건너야 한다"며 진리에 대한 사랑으로 도약시키고 있다.

걸어가는 나무는 수직으로 흐르는 강이다
딱딱한 껍질을 손으로 만져 강변을 더듬는 것은
나무의 속을 들여다보는 일

치솟는 물소리 들리고 핏줄마다 생이 꿈틀 거린다
바람 잠재우고 귀를 열어보면
강이 일어서는 곳에는 강을 지켜내는 단단한 강변이 있고
잔가지마다 세상을 열어가지만 하나같이

뿌리의 힘에 기대고 있다

수직으로 흐르는 강은 생의 강이다
시의 문장들은 가지마다 잎사귀를 달고
가슴에 맺힌 사연은 꽃의 언어로 쏟아낸다

흐르다 머문 그 곳은 길을 내지 않는다
강물이 끊어진 그 자리에 열매의 한 생이 지지만
역류의 강문을 닫고 다시 숨을 고른다

허공에 뿌리 내리고 고혹의 시간을 지나
어느 날 겨울과 화해의 손을 잡는 날
시를 쓰는 나무 어깨 어데메쯤에는 초록핏줄 서고
수직의 강문을 또 열고 있겠지

─「수직의 강」전문

시인은 나무를 만지며 나무속으로 '흐르는 강'을 본다. 그런 뒤에 그는
"걸어가는 나무는 수직으로 흐르는 강이다/ 딱딱한 껍질을 손으로 만져
강변을 더듬는 것은/ 나무의 속을 들여다보는 일"로 파악한다. 이내 시인
은 "강이 일어서는 곳에는 강을 지켜내는 단단한 강변이 있고/ 잔가지마
다 세상을 열어가지만 하나같이/ 뿌리의 힘에 기대고 있음"을 확인한다.
그리고 "수직으로 흐르는 강은 생의 강"이라고 성찰한다. 이러한 강은 흘
러 흘러 다시 바다로 들어간다. 바다의 갯벌은 온갖 강줄기들을 받아들이
는 화엄의 세계다. 잡화엄식(雜華嚴飾) 즉 온갖 꽃으로 장엄하고 수식한

화엄은 갯벌에서 온갖 생명체들로 꽃을 피운다.

칠게는 앞발 치켜들고 망둥어는 몸부림으로
숨 가쁘게 포효하는 유월의 갯벌 정원이
은빛 달빛 길어와 한판 화엄굿판이 벌어진다

진흙 화장 듬뿍 찍어 바르고 진격하는 푸른 발소리
꽃비 되어 와르르 쏟아지는데
골짝 골짝을 누비며 아첨하듯 살랑대는 수컷들의
시리도록 질펀한 애욕 카르마는
분노처럼 휘청거리는 저들만의 사랑이다

생명꽃 안은 사랑의 스릴이 달콤하게 밀려오고
수억의 오만한 정복자가 푸른깃발(생명의 정기)을 꽂는다
적멸이 흐르고 파도가 치고
혼돈 속으로 내일 한 줌의 흙이 된다 하더라도
멈추지 못할 생성 질주의 본능

눈살 서려오는 기운들이 광풍처럼 갯벌자궁을 적시고
인드라망 우주의 한쪽 기슭에는
화엄 꽃 한 송이 거룩하게 피어오른다

– 「갯벌화엄」 전문

갯벌은 온갖 생명체들이 뒤섞여 살고 있는 대승의 바다이자 화엄의 세

계이다. 은빛 달빛을 길어오는 유월의 갯벌 정원은 "칠게는 앞발 치켜들고 망둥어는 몸부림으로/ 숨 가쁘게 포효하"며 한 판의 화엄굿판을 벌인다. "눈살 서려오는 기운들이 광풍처럼 갯벌자궁을 적시고/ 인드라망 우주의 한쪽 기슭에는/ 화엄 꽃 한 송이 거룩하게 피어오른다". 이 세계에는 늘 "적멸이 흐르고 파도가 치고/ 혼돈 속으로 내일 한 줌의 흙이 된다 하더라도/ 멈추지 못할 생성 질주의 본능"이 명멸하고 있다. 인간 세상의 갯벌도 이와 다르지 않다. 갯벌은 "멈추지 못할 생성 질주의 본능"이 이루어지는 생의 터전이요, 온갖 존재와 존재자들이 공존하는 삶의 광장이다.

시인은 생명체들이 뒤섞여 피우는 화엄의 꽃밭에서 다시 원각의 열매를 틔운다. "아침 햇살 속에 드러누운 하얀 소복의 여인"은 관음의 화신으로 승화되어 "고요의 혓바닥이 적막의 귀를 때리고 / 눈빛소리 들려오는 영혼의 조각 앞으로/ 나 조각배 덩실덩실 타고 날아가/ 자나불 원각경전의 절묘한 무정설법을 듣는다". 법신 비로자나불이 더러는 보현보살로 더러는 관음보살을 통해 화현해 나투자 나는 『원각경』의 절묘한 무정설법을 체득한다. 여기서 '절묘하다'는 것은 끊어질듯 하다가 오묘하게 이어진다는 것이다.

화두만 던져놓고 묵묵히 앉아
눈과 손과 입을 유혹하고 마음까지 낚아낸다
그냥 미끼만 던져 놓을 뿐
고유의 이름도 없고 하는 일도 별로 없다

사람들은 나를 상이라 하지만
미끼가 올랐을 땐 새로운 접두어가 붙는다
볼품도 없고 하는 일도 없지만 이름값은 톡톡히 하여

누구도 함부로 대할 수 없는 기똥찬 물건이다

나는 전문 낚시꾼이다
내 앞에 앉은 사람은 누구든지
미끼에 걸려들게 하면 되는 것이다
저들은 아마추어 낚시꾼 나를 낚을 생각은 없고
오직 미끼에만 눈독들일 뿐이다

나는 늘 화두를 던져 올리지만 미끼에 눈이 어두운데
저들이 어찌 나를 알 것인가
사람들은 무의식적으로 나를 필요로 한다
미끼와 나는 늘 달착지근하게 붙어 있어
떨어질래야 떨어질 수 없는 관계다
내가 사라지면 화두 또한 박살이 나겠지만

    ─「조력자」 전문

　　조력자는 중심이 되어 주요한 역할을 하는 주력자를 위해 힘을 써 도와
주는 역할을 한다. 대개 아마추어 낚시꾼들은 오직 미끼에만 눈독을 들인
다. 이와 달리 시인은 나를 낚으려는 전문 낚시꾼이다. 그는 "화두만 던져
놓고 묵묵히 앉아/ 눈과 손과 입을 유혹하고 마음까지 낚아낸다/ 그냥 미
끼만 던져 놓을 뿐/ 고유의 이름도 없고 하는 일도 별로 없다". 다만 "볼품
도 없고 하는 일도 없지만 이름값은 톡톡히 하여/ 누구도 함부로 대할 수
없는 기똥찬 물건이다".
　　'기막히다'. '뛰어나다'의 속된 표현인 '기똥차다'는 '무어라 말할 수 없이

대단하다'는 뜻이다. '기통차다'는 말은 본디 전라도 장성군 황룡면 아곡리 아치실 마을 '암탉골'의 홍길동이 생가터 옆의 우물을 마시고 의협심과 힘 (力)을 얻었다는 '길동샘'이 지금도 맑고 찬 물을 쏟아내고 있어 '길동답다', '길동차다'에서 나왔다고 알려져 있다. 그러면 여기서 '이 기통찬 물건' 은 과연 무엇일까?

시인이 명명한 '기통찬 물건'은 바로 "부처의 몸에 기대어 선 새"이자 '꽃을 피우는 새'가 아닐까? 이 때문에 그는 "남들은 나를 상이라고 부르지만" 시인은 "나는 늘 화두를 던져 올리는" '조력자'에 지나지 않는다고 언표한다. 하지만 조력자는 조력을 통해 언젠가 주력자가 되는 것이다. '부처'라는 주력자를 위해 힘을 써 도움을 주다가 어느새 스스로 부처라는 주체가 되는 것이다.

시인의 시에서 자주 등장하는 새는 시인의 또 하나의 시적 자아라고 할수 있다. 새는 '부처의 몸에 기대 서' 있지만 언젠가 스스로 서서 날라 갈 것이다. 모든 존재자들은 모방을 통해서 성장하고 성숙해 가는 것이다. 부처라는 주체를 모방하면서 통해서 부처로 성장하고 성숙해 가듯이 말이다.

새는 바람 같은 강을 떠날 수 없어
돌아왔지만 다시 강의 길을 가야한다
귀향길 재촉하는 단 하나의 꿈만 오롯이 싣고
방편칼 휘두르는 성난 망나니가 되어야 하리

- 「되돌린 발길」 일부

시인의 시에서 새는 강물 위를 떠도는 달빛과 겹쳐진다. "새는 바람 같은 강을 떠날 수 없"고, "강은 다시 강의 길을 가야 하"지만 새를 떠나보내지 못하고 있다. 마치 달이 강물을 비추듯이 새 또한 강물 위를 날면서도 강을 떠나지 못한다. 부처와 중생의 관계도 마찬가지이다. 중생이 있어야 부처가 있다. 중생이 없다면 부처도 없다. 그렇다면 『삼국유사』를 찬술한 고려 후기 일연(1206~1289)선사의 화두처럼 '중생의 세계가 줄어들지 않고 부처의 세계가 늘어나지 않게 하려면 어떻게 해야 하는가?'

꽃등 손에 들고 함께 가는 새
마주친 두 개의 칼날은 회피하지 않으니

바람꽃 되어 어디로 가는가
씨알로 거듭나는 향촉 원각의 품속에서
붉은 그리움 되어
울고 울어

봄 언덕 고혹의 멍울로
다시 올까

– 「함께 가는 길」 전문, 바람꽃 일부

그런데 그 새조차도 그냥 새가 아니라 꽃새이다. 새는 "씨알로 거듭나는 향촉 원각의 품속에서/ 붉은 그리움 되어/ 울고 우"는 새이다. 원각은 붓다의 깨달음이다. 동시에 흠이 없이 완전한 우주의 신령스러운 깨침이다. 이 '향촉 원각의 품속'에서 우는 새는 시인의 페소나 즉 서정적 자아라고 할 수 있다. 꽃새는 온몸으로 삶을 살아가는 새이다.
그래서 이 꽃새는 "피는 순간도 고통이고 지는 순간도 고통"을 느낀다.

시인이 투영시킨 이 새에게 개화와 낙화, 주체와 대상은 둘이 아니다. 진리의 세계가 주객과 생멸이 불이(不二)한 세계이듯 달이 강과 떨어질 수 없으며 이 새도 꽃과 떨어질 수 없다. 그래서 월강이 곧 달강이고 화조가 곧 꽃새인 것이다. 이처럼 시인은 새에 꽃의 생리를 옮겨 들이고 꽃에도 새의 생리를 비춰 들여서 형상화한다.

붉은 그리움 토해내는 꽃새 한 마리
피는 순간도 고통이고 지는 순간도 고통이라
꽃은 저토록 아픔으로 흔들리는가 보다

억겁의 날 돌고 돌아 다시 돌아온 풀꽃의 넋이
어느 바람결에 실려와 서럽도록 향기로운 핏빛으로 서서
눈물꽃 피우는 무명새가 되었는가

부처의 몸에 기대어 선 새여!
오는 곳 가는 곳 안갯길 같아 알 수야 없지만
척박한 땅에 머물러서
핏빛 사랑꽃 한 송이 피우고 있네

알 수 없는 곳을 향하여 날갯짓 해대는 새여!
이제 자유의 날개는 달았는가?
창공을 날으려는 너의 날갯짓이
무척이나 바쁜데

  ―「꽃을 피우는 새」 전문

우리는 대개 '현실에 대한 불만족'과 '존재에 대한 불안정'이라는 고통을 느끼면서 살아간다. 그러면 이 고통은 어디서 왔을까? 우리의 '미혹'[惑] 때문에 '악업'[業]을 짓게 되었고 그 악업 때문에 '고통'[苦]이 생겨났다. 그러면 이 고통에서 자유로워지기 위해서는 그 원인을 뽑아야 할 것이다. 고통의 원인인 악업을 제거하고 그 악업의 원인인 미혹을 제거해야만 할 것이다.

이 시에서 새는 하늘을 날아가는 자유의 주체이고 부처의 몸에 기대어 선 꽃은 부처꽃일 것이다. 붓다가 영원한 대자유를 보여주고 역설하였듯이 이 시에서도 자유의 주체인 새와 부처꽃을 피우는 새가 아름답게 만나고 있다. 이 새는 '꽃을 피우는 새'이며 이 꽃은 '새처럼 나는 꽃'이다. 그리하여 시인은 이 꽃새를 향해 "알 수 없는 곳을 향하여 날갯짓 해대는 새여!/ 이제 자유의 날개는 달았는가?"라고 묻는다.

결국 이 고통이 사라질 때 비로소 우리는 자유롭게 나는 새가 되고 그 새는 핏빛 사랑꽃 한 송이를 피우는 꽃이 되지 않을까? 시인은 한 송이 꽃을 피우기 위해 봄엔 '그렇게 울었나 보다.' 또 여름엔 '꽃 피고 새 울'기에 그렇게 울었나 보다. 다시 가을엔 '꽃 지고 바람 저무니' 그렇게 울었나 보다. 이어서 겨울엔 '바람꽃 길을 묻다' 보니 그렇게 울었나 보다. 그리고 새봄엔 '머무는 곳마다 선의 소식'(평상 속의 길)이 되었나 보다. 우리는 시인의 사계를 따라가면서 봄-여름-가을-겨울 그리고 다시 봄을 엿보게 된다.

3. 자애와 비원의 미학

불교의 관(세)음보살은 남성과 여성의 성차를 넘어선다. 불교미술사를 들여다보면 관음보살은 남성과 여성을 넘어선 '젠더'(Gender) 즉 '성차'로 표현된다. 이따금씩 수염을 단 관음상도 있지만 대개의 관음상은 여성성으로 조형되어 있다. '젠더'는 생물학적인 성차가 아니라 문화적 사회적인 성차라 할 수 있다. 이 때문에 관음상은 남성에게 있어 여성은 영원한 모성이자 이성이듯 다수가 여성성으로 현신하게 된다. 남성은 사랑하는 아내와 어머니 사이에서 자애와 비원을 느끼게 된다. 시인 또한 어머니와 아내를 관음의 여성성으로 맞이하고 있다.

한편 어머니에 대한 시인의 사랑은 각별하다. 시인은 가난했던 시절의 가족사를 어머니에 대한 그리움으로 그려내고 있다. "열뭇단 시오리 장에 간다/ 머리 짓눌러 목은 뒤틀어지는데 뒤뚱뒤뚱 경쟁하듯 간다// 땡전 한 푼 나올 곳 없는데 저것들이 효자 노릇 톡톡히 하지만/ 팔아본들 몇 푼이나 되겠는가/ 해 지기 전 제 값에 넘겼다면/ 허줄한 밥상이지만 면목이라도 선다/ 어쩌랴 등록금이랴 육성회비도/ 손끝에서 핏물을 짜야만 하는데"(…) "동네 아낙 다 왔는데 우리 엄만 안오네/ 눈 여덟 개 삽짝걸에 기웃기웃 발만 동동// 초승달 싸늘히 내려앉고 사립문이 삐꺼덕/ 열뭇단은 집 나갔는데 수심만 이고 오는 우리 엄마/ 꽁치 두 마리 멍뚱하게 쳐다보더니/ 비틀비틀 부엌으로 간다"라며 사남매를 먹여 살리기 위해 시오리 장에 가서 열뭇단을 팔고 오던 어머니를 회상한다.

이와 달리 시인은 흥이 나는 일상을 "어머니가 악보도 없이 콘서트를 지휘한다/ 노련한 지휘 속에 정겨운 타악기 소리/ 고추장은 퍽퍽 북 치고 된장은 찰팍찰팍 장구치고/ 간장은 찰방찰방 드럼을 친다/ 벌은 노래하고 나비는 무용수로 오르니/ 불청객은 아닌가 본데// 어머니 어깨에 올라선 지휘봉도/ 으쓱으쓱 흥이 난다"(「장 담그는 날」)고 기억한다. 그리하여 시인은 삶의 달인으로서 어머니가 보여준 전문성을 즐겁게 기리고 있다. 시인은 아내에 대해서는 안타까움을 '앵두꽃 당신'이란 제목과 '앵두꽃 꽃잎 사랑'이란 시어를 빌어 헌시와 찬시로 승화시켜 내고 있다.

종아리에 새겨둔 칼날의 흔적은 눈물의 훈장 되어
속앓이처럼 끙끙 앓고 있었다

쇠범과의 전투는 승리였지만
은둔의 훈장을 차마 버릴 수 없어
쓰디쓴 내 낙인의 상처 속으로 파고든 여인이
어느 날 훈장의 눈물을 닦고 있었다

바람 오면 씻어내는 아내의 손끝이
힐링의 고약으로 내려앉는
연꽃의 눈물일 줄이야

부끄럽지 않지만 숨겨야 했던 그 곳에
칼처럼 들이댄 약손의 매서운 서릿발은
바람 쫓는 수호신이 될 줄이야

– 「종신 훈장」 전문

아마도 아내는 "바람 오면 씻어내는 아내의 손끝이/ 힐링의 고약으로
내려앉는/연꽃의 눈물일 줄이야/ 부끄럽지 않지만 숨겨야 했던 그 곳에/
칼처럼 들이댄 약손의 매서운 서릿발은/ '바람 쫓는 수호신이 될 줄이야"
처럼 아내가 남편의 교통사고 후유증에 대한 재활을 눈물겹게 보살피다가
"스타렉스 쇠범과의 전투는 승리였지만" 비록 남편은 장애자이어도 죽지
않고 건재하였음에도, 결국 자신은 심한 스트레스를 받아 암에 걸리는 병
을 얻게 되는 것으로 짐작된다.

아내의 얼굴은 잔주름 이랑을 써내려 간
57년 분량의 밭을 일궈낸 일기장이다

웃을 때나 화날 때나 기록된 문장들은
바코드처럼 차곡차곡 쌓여
나만이 풀어내는 파란 같은 생의 굴곡선이다

고운 문장은 그림자속으로 숨어버리고
매끄럽지 못한 문장들은 사구(沙邱)로 솟아
찌그덩 찌그덩 어지러운 소리가 난다

다시 돌아가기란 너무 멀리 달려왔나 보다
갱년기 열매 주렁주렁 엮어
푸석푸석 쓰내려간 생의 이랑은
모래밭 같은 탄력 잃은 시간들을 한처럼 간직하고
반백의 기로에 선 후에야

포근한 땅 위에 평온을 속삭이는
앵두꽃 당신의 서러운 꽃잎 하나

ㅡ「생의 내력」전문

　시인은 "아내의 얼굴은 잔주름 이랑을 써내려 간/ 57년 분량의 밭을 일
궈낸 일기장"을 '생의 내력'이라며 "나만이 풀어내는 파란 같은 생의 굴곡
선"으로 파악한다. 이 때문에 그는 "은둔의 훈장을 차마 버릴 수 없어" 그

것을 '종신 훈장'으로 간직하고 있다. 시인이 보여주는 아내 즉 여성성에
대한 자애와 비원의 미학은 어머니의 여성성과도 겹쳐진다.

어머니 뼈는 속이 비어 언제부터인가 모르게
피리가 되었지만 그 피리는 불지 않았다

백발이 덮여 올 무렵에야 그 피리소리 들려 왔지만
그 울음의 소리가 바람의 소리였음을 난 알지 못했다
모진 바람 안고 침묵으로 지켜 온 어머니
다 내 주고 모자라 뼛속까지 다 비워내고
86년의 세월 동안 구멍 없는 피리를
그렇게 불고 있었던 거다

먼저 울다간 어머니의 피리
바람소리도 지고 어머니도 갔지만
나에게도 지금 구멍 없는 피리 소리가 난다
휴휴 아려오는 찬바람 소리가 난다
어머니처럼 그렇게
피리를 불고 있는 거다

– 「구멍 없는 피리」

불교의 『부모은중경』에 나와 있는 것처럼 여성 즉 어머니는 아이를 낳을
때 '서 말 서 되의 피'를 쏟고, 아이를 기를 때 '여덟 섬 너 말의 젖'을 먹인
다. 이 때문에 어머니는 죽어서 뼈가 검고 가볍게 된다고 하였다. 시인은

"먼저 울다간 어머니의 피리/ 바람소리도 지고 어머니도 갔지만/ 나에게도 지금 구멍 없는 피리 소리가 난다/ 휴휴 아려오는 찬바람 소리가 난다/ 어머니처럼 그렇게/ 피리를 불고 있는 거다"고 그려낸다.

시인은 불교 선종에서 선악과 범성, 시비와 자타의 분별을 넘어선 도의 구극을 나타내는 '몰현금'(沒絃琴) 즉 '악기 줄이 없는 거문고'를 원용해 낸다. 그리하여 끝없이 베풀고 나눠주는 어머니의 공성과 자비의 미학을 '구멍 없는 피리'로 소리 없는 소리의 연주로 승화시켜 낸다. '구멍 없는 피리'에 "휴휴 아려오는 찬바람 소리"로 말이다. 모든 것을 다 뽑아주고 나눠주는 관음보살의 자비의 미학으로 말이다.

시인은 57년간 써 온 아내의 일기장을 펼쳐보고 86년간 구멍 없는 피리를 분 어머니의 연주를 돌이켜 본다. 그러면서 건강하고 젊었을 때 온전히 읽지 못했던 일기장을 보고 제대로 듣지 못했던 연주를 들으며 회한에 젖는다. "어머니가 없는데 할 일인들 있을까/ (…) "영하의 걸신이 저주한 분신 같은 돌/ 어머니 어깨를 눌러버린 애증의 동반자였다."(「빨랫돌」)라며 살아있을 때 보다 잘하지 못하고 가까이 있을 때 좀 더 챙기지 못한 자괴감과 자책감을 자애와 비원의 여성성으로 환기시키고 있다.

그런데 그러한 자애와 비원은 우리 주변에서 경험하는 현실과 맞닿아 있어 또 다른 울림을 주고 있다.

센텀병원 2인용 환자실에는 숨만 몰록 쉬며
경계하듯 서로 째려보는 환자가 있다

둘은 가자미처럼 반드시 누워 꼼짝도 할 수 없으니
사팔뜨기같은 눈알만 뱅글뱅글 돌려
비조준으로 서로를 겨누고 있지만

정확하게 상대를 저격한다

지옥 병실에 장기수 되어 석방의 날은 요원한데
습관처럼 작동된 위기 가동 시스템이
가자미의 저격 통신이었다

간병인도 없는 적막한 감옥은 둘만의 사격장이 되어
서로를 조준하고 레이저를 발사하여
순간순간 폐쇄적 공포에서 벗어날 수 있었다

눈깔을 뱅글뱅글 돌려
레이더에 잡힌 가자미는 불안한 눈빛으로
서로를 위로해 주었다

  ─「가자미 눈깔」 전문

　시인의 그리움은 아내와 어머니에게만 머물지 않는다. 자신의 아버지뿐
만 아니라 세상의 모든 아버지에 대한 그리움도 드러내고 있다. "어쩌나
점심 굶고 김매시는 우리 아버지/ 등줄기에 타고내리는 후줄근한 물줄기
좀 보소/ 중참에 허기진 배 꿀꺽꿀꺽 채우는 것이/ 고작 막걸리 두 사발이
다// 어휴 저 놈의 농사 언제 끝내 버릴꼬/ 헉헉거리는 들녘에 뼈가 저린
다"면서도 "하기야 자식 농사만은 희망을 움켜쥐었으니/ 주름진 얼굴에는
미소가 든다"고 반전시킨다.
　그런 뒤에 시인은 또 "아! 아버지 나 지금 눈 먼 목장승이 될래요"라며
아버지의 농사에 아무런 도움을 주지 못하고 '눈 먼 목장승'이 되고자 하는

자신의 안타까움을 보여준다. 집성촌에 모여 살며 농사를 짓던 농경사회와 달리 산업사회 시대에는 가족들이 도시에 흩어져 공장에 모여 기계의 기술로 산업을 일구게 되었다. 그 결과 가족의 이완과 해체는 급속히 이루어졌다. 그리하여 부부가 맞벌이를 해야만 아이들 교육과 살집 장만을 할수 있는 도시의 현실은 부모에 대한 봉양을 제대로 하지 못하게 만들었다.

더구나 현대사회가 가져다 준 다양한 병들은 자식조차도 부모 봉양을 온전히 하기 어렵게 하고 있다. 자식의 봉양보다 병원의 요양이 더 전문적이고 현실적인 점을 감안하면 우리는 현실을 받아들일 수밖에 없게 된다. 시 「가자미 눈깔」의 현실은 도시사회와 병원풍경을 절묘하게 연결시키고 있다. 중증환자 즉 스스로 움직이지 못하는 가자미와 같은 환자는 기계와 간병인에 의해 움직이는 피가 되는 기계와도 같다.

두 환자가 "비조준으로 서로를 겨누고 있지만/ 저격만큼은 정확하다/ 지옥 병실에 장기수 되어 석방의 날은 요원한데/ 습관처럼 작동된 위기가동 시스템이/ 가자미의 저격 통신이었다"는 시인의 통찰은 현대인들의 일상적 삶을 시사해 주고 있다. 맞벌이로 이루어지는 도시생활에서는 부모가 나이가 들고 병이 들면 가족과 함께 살기 어렵게 된다. 그렇다고 병든 부모를 고향집이나 도시집에 내버려둘 수도 없다. 결국 맞벌이 부부들은 부모들을 요양원과 요양병원에 모실 수밖에 없게 된다.

시인은 이들 노인 환자들의 일상을 통해 봉양과 요양의 깊은 골을 환기시켜 내고 있다. 그리하여 시인은 불교의 공성의 시학에 기초한 자비의 미학이 어디까지 미치는지를 아프게 묻고 있다.

4. 두두와 물물의 관계

우리는 존재자와 존재자 및 그들 사이의 관계를 '삼라만상'과 '두두물물'이라고 한다. '삼라'는 나무가 빽빽이 서서 그물처럼 벌려 서있는 모양을 가리킨다. '만상'은 온갖 사물의 형상을 가리킨다. '두두'는 개별 사물과 사물의 관계를 가리키고, '물물'은 온갖 사물과 사물의 관계를 일컫는다. 그러니까 이 세상에 존재하는 존재자와 존재자, 개별 사물과 온갖 사물과 그들의 관계를 동시에 일컫는 표현이라고 할 수 있다.

그러니까 삼라의 만상과 두두의 만물은 우리 눈앞에 벌어져 있는 모든 존재를 가리킬 때 쓰는 표현이다. 우리는 이들과의 관계 속에서 삶을 전개해 가는 것이다.

꽃잎이 벌어진 걸 보고 꽃이 피었다고 생각 하지요
꽃이 활짝 핀 걸 보고 우리는 정말
아름답다고 말을 하지요

그러나 꽃이 오는 그 길은
아무도 알지 못하지요
아름다운 자태에는 아픔도 서려 있고
진한 향기는 고혹의 그리움이 익어
터진 것이란걸 모른다지요

꽃만 꽃이 아니라 모두가 꽃이기에
우리가 인드라 강가에 내려올 때는
천년의 고독을 안고 인고로 기다려 온 그리움이 터져

우주의 문을 열고 다시 꽃을 피우러 온다는 것을
아직도 몰랐다 하지요

세상에 올 때에는 어미의 산고처럼
꽃대가 흔들려 오듯
골수의 아픔도 겪고 세상을 나온다는 걸
까마득히 몰랐다지요

- 「몰랐다지요」 전문

살펴본 것처럼 삼라만상과 두두물물은 인간과 자연 사이에서 관계 맺는 동물과 식물과 광물 등등과 그들 사이의 관계를 총칭한다. 이들 중 인간의 삶에 있어서 꽃은 주요한 존재자이자 오브제가 된다. "꽃이 오는 그 길은/ 아무도 알지 못하지요/ 아름다운 자태에는 아픔도 서려 있고/ 진한 향기는 고혹의 그리움이 익어/ 터진 것이란 걸 모른다지요". 인간의 삶도 특별한 것이 아니라 꽃이 피고 지는 과정이라고 할 수 있을 것이다.

그런데 우리는 눈앞의 꽃을 즐기기만 할 뿐 정작 "꽃이 오는 그 길"을 알지 못한다. 한 송이 꽃의 "진한 향기는 고혹의 그리움이 익어/ 터진 것이란 것"을 모르고 있다. 그래서 '고혹의 그리움'이 어떻게 진향 향기를 쏟아내는 것인지를 알기 위해서 우리는 두두와 물물에 대한 이해가 전제되어야 한다. 그렇지 않으면 "꽃만 꽃이 아니라 모두가 꽃이기에/ 우리가 인드라 강가에 내려올 때는/ 천년의 고독을 안고 인고로 기다려 온 그리움이 터져/ 우주의 문을 열고 다시 꽃을 피우러 온다는 것을/ 아직도 몰랐다 하"게 된다. 삼라의 만상과 두두의 물물이 빚어내는 진한 향기가 결국 고혹의 그리움이 익어 터진 것이라는 사실을 알게 되기까지는 상당한 통찰이 요청되는 것이다.

고혹의 그리움은 결국 "죽이고 죽여 우려낸 기다림이 있어/ 응혈된 설레임이랑/ 재생의 가슴 갈피에 감추고/ 그렇게 가"는 것이다. 그 그리움이 '죽이고 죽여 우려낸 기다림'이 있어 이루어짐을 알기까지는 세월을 더 살아야 가능한 것이다. 그런데 "아픔 속에 피는 꽃은 짓눌린 고난의 발등 위로/ 시린 가슴 열고 온다." 동시에 "산고를 치르지 않고 피는 꽃 없듯이/ 흔들리며 일어서고 흔들리며 살아가는 그 꽃은/ 지기 위하여 또한 흔들어" 대듯이 자신을 죽여야만 가능한 것이다.

이 때문에 "지기 위해 피는 꽃"은 자신의 죽음을 쉽게 받아들일 수밖에 없게 된다. "향기 우러나는 가장 아름다운 죽음이/ 흔들어가는 순간인데/ 완성을 위한 엄숙한 동작이/ 죽음이라 하지요// 우리는 꽃 꽃다운 꽃 그리하여/ 지기 위하여 흔들어 대고/ 지기 때문에 우리는/ 아름다운 것이지요.「지기 위해 피는 꽃」에서처럼 "완성을 위한 엄숙한 동작이 죽음"이 된다. 그러나 꽃이 비록 지기 위해 핀다고 하더라도 그를 바라보는 존재의 눈이나 꽃이나 모두 서럽지 않을 수 없다.

지는 꽃이 어찌 서럽지 않으랴
사랑하는 이여! 지는 꽃이라고 그냥 떨어지던가
아픔과 눈물이 보이질 않을 뿐
올 때처럼 갈 때에도 아프게 지고
서럽게 떨어지나니
그냥 지나치지만 말아요
아쉬움과 미련도 뒤로한 채 담담하게 떨어지지만
꽃도 제 나름 짧은 생을
피를 토하는 정열로 살았다 하니

서럽기야 하지요

죽음을 향한 꽃은 한 평생
천형처럼 제 몸 살라 고혈같은 향기 남기고
혹 하고 떠나간다 하지요
우리 모두 꽃이라 하지요

– 「지는 꽃이 어찌 서럽지 않으랴」 전문

피는 꽃도 고혹의 그리움 끝에 진한 향기를 드러내듯이 지는 꽃도 "아픔과 눈물이 보이질 않을 뿐/ 올 때처럼 갈 때에도 아프게 지고/ 서럽게 떨어"지는 것이다. 그러나 '찬란한 봄을 위하여' 다시 "나무의 집마다 무로 돌아가야 하는/ 본래면목의 시간이 접어들고 있다/ 곱게 물들어 뽐내던 기찬 젊은 날의 자만스런 기억은 다 내려놓고/ 나무는 숙성의 일상을 허공에다 걸어둔다"(「봄을 위하여」). '본래면목의 시간'은 성찰의 시간이자 숙성의 일상이다.

시인은 이 시간을 "그리움에 무르익은 4월의 처녀가/ 어미 같은 봄의 허리를 덥썩 잡고는/ 연분홍 벚꽃탑을 차곡차곡 쌓아간다"는 '시절인연' 즉 모든 사물의 현상이 시기가 되어야 일어난다는 말로 성숙시켜 낸다. 그것은 또 "10월의 나무가 결산의 얼굴을 내밀고 겸손하게/ 탯줄을 끊어내고 있"는 과정으로 이해한다. 그리고 "탯줄에서 시작하여 탯줄에서 매듭짓는 나무/ 꼭지가 떨어지는 날 얼마나 많은 아픔을 견뎌야만 했을까"라는 통찰로 이어지고 있다. 시인의 이러한 통찰은 다시 '인드라망'과 '인생 시계' 그리고 '배롱의 선문답'으로 연속되고 있다.

시인은 "천강 만강에 비쳐오는 달그림자/ 관음의 손결로 여여하게 오가는데/ 삶은 사랑이고 사랑은 영원한 염원이다// 꿈을 틔워내는 그리움의 붉은 소리는/ 님을 그리는 존재의 불빛소리/ 구원의 소리 한 조각 휘이 던져/ 나눈 삶 펼치는 너와 나 두두 물물이// 인드라 강물에 드리운 일즉다 다즉일/ 어미의 속 같은 핏빛 사랑끈이다"에서처럼 삼라와 만상, 두두와 물물의 관계를 관음보살로 형상화된 '어미의 속 같은 핏빛 사랑끈'이자 '일즉다 다즉일'의 인드라망으로 성찰해 내고 있다.

그것은 또 "삶의 시계는 단 한번 멈추지요/ 언제 멈출지는 나도 모른답니다/ 이 신비한 시계가 멈추지 않는 지금/ 이 순간순간만이 내 시간의 연속일 뿐이지요"라는 삶에 대한 통찰로 이어지고 있다. 시인은 '내가 사는 곳이 세계의 중심'이고 '세계의 중심은 나'라는 사실을 성찰하고 있으며, 나아가 '순간이 전부'이고 '전부가 순간'인 사실을 터득하고 있는 것이다.

따가운 햇살 이고 붉은 가슴 헤치고
항구의 세월을 선정에 들었다

묵언 참선일까 화두 참구일까
붉은 눈매 속으로 흐르는 적멸의 그림자
겁을 지나는 삼매경이다

붉은 지조 지그시 물어버린 매서운 눈초리
물새 한 마리 끝가지에 앉아 귀를 어지럽혀도
흔들림도 없이 돌나무 되어
이미 무념의 경지이다

번뇌도 내려놓고 망상도 던져둔 무아의 경지

붉은 입술은 적멸의 꽃 한 송이 툭
화두로 던져 올리는데

아뿔사 중생도 아니고 부처도 아니다

–「배롱의 선문답」 전문

시인은 한 그루 배롱나무에서 "붉은 지조 지그시 물어버린 매서운 눈초
리/ 물새 한 마리 끝가지에 앉아 귀를 어지럽혀도/ 흔들림도 없이 돌나무
되어/ 이미 무념의 경지"를 본다. 그는 "붉은 입술은 적멸의 꽃 한 송이
툭/ 화두로 던져 올리는" 배롱나무를 보고 "아뿔사 중생도 아니고 부처도
아니다"라며 부처와 중생이라는 상대적 분별조차 던져 버린다.

배롱이 보여주는 무념의 경지에서 시인은 다시 분별을 뛰어 넘은 이상
적 인간상으로 분황사의 원효를 떠올린다. 분황사탑으로 형상화되어 견고
히 서 있는 그를 통해 "천년을 향해 만행의 길 밟는/ 초지보살의 뼈를 깎
는 인욕수행"을 보며 "옛 친구가 반가운 듯 눈길 건네지만/ 무상한 육신의
진리를 이제사 깨뜨려 버린 듯/ 저 홀로 아리송한 모습으로/ 무념의 배 저
어가"(「분황사에서」)는 그를 흠모한다.

그리하여 시인은 "바람의 비밀 속으로 허무의 경전을 묻고/ 너를 부둥
켜안고 흔들려 보려"고 하면서 "흔적도 남김없이 비의 비밀 속으로 탑을
세우고/ 흠뻑 젖어 녹아 내리려" 한다. "이생이 다하도록"(「우리 함께 하였
더냐」). 이러한 발원과 서원 속에서 「절망의 고개를 떨굴 때」라는 시인의
절창이 탄생한다.

다들 넘을 수 없는 벽이라고 느낄 때

가지 않고 돌아서 버린다
아무도 오를 수 없는 벽이라고 실감했을 때
오르지 못하고 주저앉는다

그 누구도 나아갈 수도 올라갈 수도 없다고
절망 속에서 허우적거릴 때 담쟁이는 보란 듯이
거미손을 뻗어 벽을 오른다

자 보아라 절망아 !

벽이 감당키 어려울 만큼 두려울지라도
오르는 것이 아무리 어려울지라도
담쟁이는 절망을 처절하게 짓밟고
푸른 손길을 벽에다 감아 붙이고 한 뼘 한 뼘
위로 올라간다

하나의 손이 다른 손 잡고
다른 손이 또 다른 손을 잡고 끌어 올린다
절망의 무게를 가볍게 끌어올릴 때까지
아무리 높은 벽일지라도 담쟁이 보살 손은
멈추지 않고 찰싹 달라붙어
함께 장벽을 넘어간다.

　－「절망의 고개를 떨굴 때」전문

시인의 절창은 "아무리 높은 벽일지라도 담쟁이 보살손은/ 멈추지 않고 찰싹 달라붙어/ 함께 장벽을 넘어간다"는 대목에서 여태까지 참고 견디어온 아내의 병고와 어머니의 죽음이라는 화두를 박차고 알을 깨뜨리고 나오는 순간에 개화한다. "그 누구도 나아갈 수도 올라갈 수도 없다고/ 절망 속에서 허우적거릴 때 담쟁이는 보란 듯이/ 거미손을 뻗어 벽을 오르"고 "아무리 높은 벽일지라도" "멈추지 않고 찰싹 달라붙어/ 함께 장벽을 넘어가는".

시인이 형상화하고 있는 것처럼 담쟁이 보살손과 같은 발원과 서원이 있다면 누구라도 기필코 성취할 수 있을 것이다. 그가 강물 속에서 "달을 길어 올리려는 까닭"도 이러한 발심과 서원에서 비롯된 것으로 보인다. 보살적 인간은 오늘의 나의 성취가 무수한 사람들의 도움과 협동에 의해 이루어졌다는 사실을 머리와 가슴을 넘어 온몸으로 체득한 존재라 할 수 있다.

시인 또한 첫시집 『달은 왜 건져내려 하는가』에서 불교적 인간, 보살적 인간, 이타적 인간의 발심과 서원을 '월강의 시학'과 '공성의 미학'으로 환기시켜 주고 있다. 그것은 지혜의 해가 하루를 환히 밝힌 뒤에 자비의 달이 온밤을 밝게 열어 가는 이유가 될 것이다. 시인이 시집의 제목을 붙인 '왜'라는 물음은 대승불교가 추구하는 공성 즉 자비의 미학이 월강의 시학에 기초해 있다는 사실을 집약적으로 보여주고 있기 때문이다.

달은 왜 건져내려 하는가

남청강 지음

발 행 처 · 도서출판 **청어**
발 행 인 · 이영철
영   업 · 이동호
홍   보 · 이용희
기   획 · 천성래
편   집 · 방세화
디 자 인 · 이해니 | 이수빈
제작부장 · 공병한
인   쇄 · 두리터

등   록 · 1999년 5월 3일
(제321-3210000251001999000063호)

1판 1쇄 인쇄 · 2019년 4월 1일
1판 1쇄 발행 · 2019년 4월 10일

주소 · 서울특별시 서초구 효령로55길 45-8
대표전화 · 02-586-0477
팩시밀리 · 02-586-0478

홈페이지 · www.chungeobook.com
E-mail · ppi20@hanmail.net
ISBN · 979-11-5860-633-6(03810)

이 도서의 국립중앙도서관 출판시도서목록(CIP)은 서지정보유통지원시스템 홈페이지
(http://seoji.nl.go.kr)와 국가자료공동목록시스템(http://www.nl.go.kr/kolisnet)
에서 이용하실 수 있습니다.(CIP제어번호: CIP2019008262)